九歌少兒書房
www.chiuko.com.tw

我們不是小偷

包包福◎著

許育榮◎圖

名家推薦

侯文詠（名作家）：

《我們不是小偷》是一個生動、有趣的故事。不但內容生動，在生動中也提出了一個非常有趣的問題：傳統是怎麼來的？傳統一定是對的嗎？如果傳統是錯的，應該要改變嗎？這個故事寫出了一個少年的質疑，進而改變了整個偷盜之村的傳統。是一篇好看又深刻的好作品。

桂文亞（少兒文學名家）：

這是一篇別開生面，讓人一路驚喜，笑聲不斷的黑色幽默小說。故事敘述大埔村是個偷盜村，百年前因為饑荒，專門偷別人東西的「祖公」，將神乎其技的偷盜技巧傳給村民得保平安，從此，偷盜的本領既是傳承，也成為年輕一代的「使命」。

作者以「倒果為因」的反諷風格，對不合時宜的傳統、迷思，提出質疑，卻毫無說教痕跡。緊湊的情節，生動的文字，鋪陳出一個個讓人啼笑皆非的亮點，成為本屆參選作品中「有趣又有益」的代表作。

朱曙明（九歌兒童劇團團長）：

看故事題材新鮮有趣，從標題名稱開始就讓人有趕緊一窺堂奧的衝動。

以少兒文學作品而言，主題從負面角度切入者實不多見，作者大膽的將「小偷」置入標題，先引發閱讀的好奇與興趣，再巧妙地將「偷盜」這件本該是隱晦、不可提上枱面的事趣味化、公開化，甚至現代化，進而帶出本文所欲闡述的主題。

近年來，台灣不少地方在總體社區營造、再造的意識下，積極地從其優良傳統技藝或特色中，尋找自我定位與再生，更期望別人的認同肯定與讚賞，但這篇《我們不是小偷》卻完全顛覆了這種正面思

維，藉由主角少年小杰的主觀視角，帶領讀者共同面對負面傳統的尷尬、掙扎與反抗。

你是否也有勇氣大聲地向不對的人、事、物說「不」，即便是要面臨來自長輩或傳統的壓力?!這或許就是作者要告訴大家的吧。

自序：關於這個故事

小時在鯨吞故事的時候，最喜歡找有趣及新奇的故事來讀了，有趣、好笑的故事會讓自己讀得開心；而追求新奇、新鮮的故事，是在大量閱讀之後，所產生的「不良習慣」。

故事看多之後，會發現有些故事似曾相識，好像是某個故事的改編；而有些故事，前半部還未看完，就已食之無味，因為其中的曲折起伏強度不夠，引不起我的興趣。

自小胃口被撐開後，在有能力為小朋友編寫故事時，也會想盡辦法朝這兩

個目標努力，這個故事就是在這念頭下「擠」出來的。

只是「當局者迷」，當我身陷自己所營造的故事氛圍之中，我很難確定這些目標有否達成，如果只是做得眼高手低、差強人意，那就只好原諒啦，因為我已可能江郎才盡，實在變不出什麼好把戲來。

另外，這個故事除了中心主旨外，我也摻入許多我喜歡的「配菜」。

比如為了懷念故鄉、懷念爸媽傳授給我的大埔腔客語，我在故事中虛擬出一個說客家話的「大埔村」，裡頭的人名、校名、商店名、溪流名稱等，很多都是來自我台中東勢的故鄉。

比如為了與之前歷史系所學，以及與台灣民俗開個玩笑，我將大埔村的歷史拉到百年前日本統治時代，而這個大埔村有自己的信仰中心，有自己的歷史傳承，有自己的民俗活動，甚至它的前身，還是一個虛造的原住民部落。這樣的虛擬、架空卻與現實仍有些糾葛，真真假假混在一起，好像也有挺有趣的。

還有，最重要的，為了替自己從事的教職做一個省思，我在故事中寫出三個年代的教師，其中最嚴格、最盡責，也是手段最嚴厲的日本老師，他們是台灣現代教育的先驅，但在故事的最後，卻向心理受創的學生道歉。這可以說是，傳統威權在為自己不良的手段說抱歉，不過也有可能是，作者在感慨現在的教師必須這麼的卑躬屈膝，至於我傾向哪個想法比較多，嘿嘿嘿，不告訴你！

其實除了以上菜色之外，這個故事裡還有很多我玩得愉快的地方。能在故事中要弄這麼多手段，只能說這是作者獨有的福利，那萬一別人看不出這麼多心機，怎麼辦？也沒關係，只要自己寫得愉快，也不錯的啊，獨樂樂也是樂呀！

只是能寫得快樂，要很感謝別人給這機會，所以在最後，我要說最正經的話：謝謝評審、九歌文教基金會，以及文建會，能持續不間斷舉辦這個比賽，並給我機會抒發，讓我自得其樂，然後也有機會帶給小朋友閱讀上的樂趣，真的很感謝你們！

包包福

二〇一〇年七月

目錄 CONTENTS

1. 雜貨店

　　這是一間傳統雜貨商店，只有幾乎不受現代潮流侵襲的最鄉下地方，才能這麼光明正大的生存著。

　　這種老式雜貨店，賣的東西其實跟便利商店差不多，放眼望去，架上的商品琳琅滿目，且擺設得密密麻麻，雖然說亂中有序，但我在昏暗的日光燈下看了許久，仍想不出我來這裡是為了買什麼東西。

　　滋露巧克力、五香乖乖、鱈魚香絲……數十種讓人眼睛發亮的零食晾在眼前。

但我就是不知道該取什麼好。

雜貨店由一位老阿公看顧，白色汗衫加上佝僂的身影，和陳舊的商店極其搭配。他動也不動的模樣，讓人覺得好像走入展示舊時光的蠟像館。

爸爸和我空手進來，在店裡繞了一圈後，又空手離開。

正要踏出店門時，背後傳來一句嗄啞的聲音——

「不要走……」

店裡自始至終就只有一位老人，聲音當然自他嘴裡發出。

這老人從我們一進店，就一直望向收銀機後方，一架螢幕小小，可能年紀和他一樣古老的電視機。老人鼻梁頂著一副老花眼鏡，老眼昏花，我特意觀察了一下，發現他的瞳仁和他頭上稀疏的覆髮一般淺淡，好似都快不能辨人識物了。

真不知他叫住我們幹麼？

「請問有什麼事嗎？」爸爸小心翼翼的問。

「把你們在店裡偷的東西還回來。」老人淡淡的說。

「我們沒有偷東西。」爸爸馬上有禮的回應。

「有，」老人語氣堅決，灰濁的眼珠突然發出精光，他似乎很清楚店裡有多少商品，以及少了什麼東西。自信的模樣，就像要他回答手上有幾根指頭一般。

「請不要冤枉我們。」爸爸聲音也高亢起來，他不容別人誣賴他，只要不是他犯的錯，他會據理力爭。聽其他長輩說，他自小就是如此，

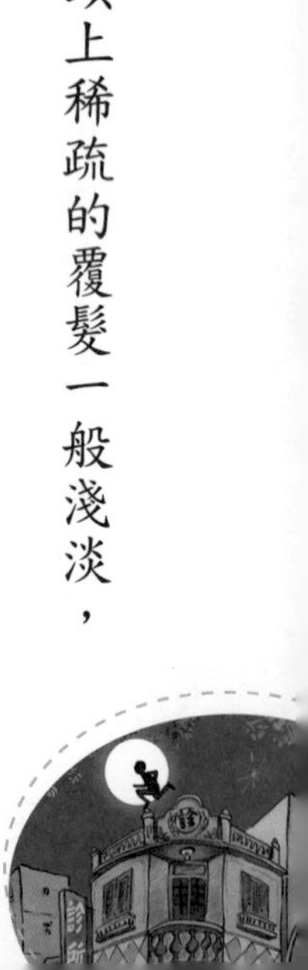

正直，且有正義感。

「不是你偷的，我不是指你，」老人將矛頭指向我：「是你的孩子，東西是他偷的，他拿了兩條口香糖，一條是英倫口香糖，另一條是芝蘭口香糖！」

老人斬釘截鐵，連商品名稱都清楚指出。

「不可能，我的孩子不可能偷東西！」爸爸急喊。

「小杰，」爸爸轉身，用力的問：「你說，你有沒有拿人家東西？」

我臉色一變，連忙喊：「沒有，我沒有！」

「他說沒有就是沒有，」爸爸又趕緊看向老人：「我的孩子從不騙人。」

「少來了，」老人冷笑一聲，說：「不信的話，可以搜搜他的口袋。」

「他已說沒有，怎麼可以再冤枉他，搜他口袋呢？」我堅決的眼神，讓爸爸態度強硬起來，他警告對方：「如果你再堅持下去，萬一沒搜到任何東西，我就要叫警察，告你誹謗，到時，你可是吃不完兜著走！」

「怕你喔！」老人語氣更是不屑，他說：「我在這裡顧了幾十年的店，店裡少了、多了什麼東西，我怎麼可能不知道？告訴你們，連早上哪個牆角多牽了幾條蜘蛛絲，我也能清清楚楚的指出來！」

老人年紀雖大，但脾氣相當火爆，他激動的用食指指向天花板，我瞇眼望去，果然見到上方有隻長腳蜘蛛，傻愣的趴在幾根蜘蛛絲上，看

我們在爭執。

「好！」見老人那麼固執，爸爸也決心蠻幹下去，他撩起衣袖，厲聲道：「我現在就翻他口袋，萬一到時沒找到任何東西，我一定告到底！」

爸爸說做就做，彎腰向我口袋摸來。

「等一下——」老人連忙喊停。

「又怎麼了！」爸爸不耐煩的問。

「讓我來找，免得你們父子早就串通好！」老人臉露陰狠笑容，臉上的皺紋都怪模怪樣的跳動起來，說真的，我有點害怕了，他那算計別人的心機，讓我打從心底升起一股寒意。

「爸……」老人瘦骨嶙峋的手爪不斷向我逼近，我無助的看向爸

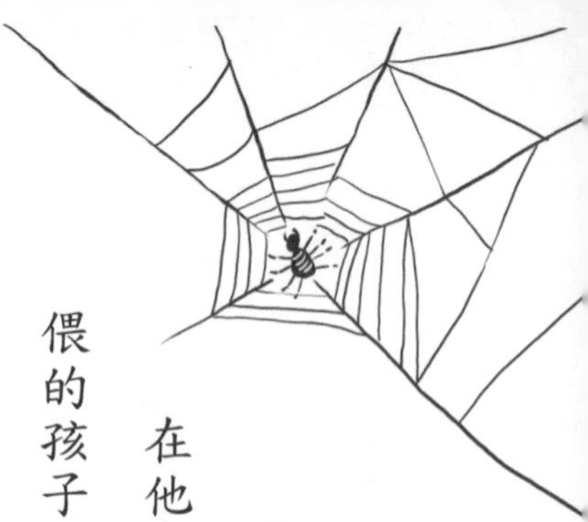

爸，虛弱的喊了一聲。

雖然我身高已高過爸爸，但在他面前，我永遠是個想向他依偎的孩子。

「你這人真是可怕，」爸爸咬牙切齒的說：「小杰，別怕，就讓他找，到時爸爸幫你討回公道。」

得了爸爸的允諾，老人肆無忌憚的往我身上摸起，只是他越摸臉色越是古怪。

「奇怪，怎麼沒東西呢……」老人開始有些心慌，他在我腰部、褲袋掏了好幾次，都快將我褲子扯破了，只是除了棉絮外，什麼也沒找

著。

「怎麼可能……怎麼可能……」老人蠻橫的表情不見，開始像個正常的老人，自言自語的不停念著。

最後他大喊一聲：「我不信——」

不知是無心，還是有意，老人用力將我推到一旁，然後衝到後方貨架。

「噢……」我抱怨一聲，被他撞了一下，雖不疼，但心裡起了個疙瘩。

「怎麼樣，沒有少吧！」爸爸得意的對

他喊，我們一起將貨架上一盒盒口香糖巡了一遍，只見架上的貨品稍稍擺得不正，但並沒有少。

「怎麼可能……我不可能看走眼……」老人像在哀嚎，也像終於認清他那雙老花眼不值得信賴。

「我有把口香糖拿起來看，然後又全部放回去了。」我老實的說。

「所以你不能冤枉我兒子偷東西，」爸爸說：「你至多只能怪他沒將東西擺好，但那不犯法。」

「……」老人陷入沉思，又變回一座古老的蠟像。

「我們出去找人評論。」爸爸提起我的手臂，往店外走。

只是老人仍不死心。

「不要走，我還要再搜一搜……」他喊，以像快崩潰的聲音吶喊：

「你們進來就是要偷東西的，你們一定有拿走我的東西……」

「你敢再動我兒子一根寒毛，我就讓你好看，」爸爸掄起拳頭，像個鐵漢，「如果你再亂來，就別怪我不客氣了。」

好爸爸！我心中大喊，大方的跟著他走到店外，那裡另有兩位老人在等著。

其中一位眼戴黑框眼鏡的，面帶溫暖微笑，像個真正慈祥的老者，一見著他，宛如置身和煦的春風中，再怎麼火爆的場面，被他笑容輕輕一拂，都立即停歇了。

老人笑咪咪的對我說：「東西偷到了嗎？」

「偷到了。」我謙恭的點點頭。那兩位老人是我們大埔村的長輩，我平時見著他們都會恭敬的喊「叔公」。

戴黑框眼鏡，少了一顆門牙，講話「漏風」的是「阿門叔公」，他拿出一張對折彌封好的紙條，問我：「你看有沒有破損，是不是你之前黏貼的樣子？」

「沒有錯，還黏得好好的。」我說。

「好，那就在大家面前將它撕開吧。」另一位叫「阿南叔公」的則說。

「嗯。」我食指、拇指輕撕紙張黏貼處，雜貨店的那位老人也靠過來看，爸爸稍微後退半步，讓他擠入我們的小圈子。

那老人嘴裡還在嘟噥著，但沒人理會他，大家眼珠都盯著我手中看。

邊緣撕去，我再將紙條攤開給大家看——沒錯！還是那幾個大字，

我自己寫的，我當然最清楚，那幾個字是：nokia 3310手機。

那是一支古老的手機，不值錢了，只有店裡那位古老的老人，才有那種古老的手機，他習慣將它擺在褲袋中。

「咦，我的手機呢！」雜貨店的老人摸起口袋大喊，驚慌的神情如同雜貨店著火了一般。

「誰把我手機偷走了——」他又聲嘶力竭的吼著，淒厲的叫聲劃破清晨的寧靜，嚇著正在屋外細碎吱喳的麻雀。

2. 偷盜之村

「手機在我這裡。」我面帶微笑的將它拿出。

爸爸和另外三位老人，眼睛都亮了起來。

「哇，高竿！高竿！真是神乎其技，你的偷盜技巧根本看不出任何破綻！」阿門叔公扶著鏡框，張著大嘴開心的笑，少了一顆門牙的模樣看起來很可愛。

「厲害！厲害！真的是虎父無犬子，這個坤明真會教兒子。」阿南叔公連爸爸也一起稱讚，我可以看到他的山羊鬍興奮的抖動，上頭還沾

著兩顆飯粒。

「給我看！」只有雜貨店老人還鐵青著臉，他一把將手機搶過，左翻、右翻，還將電池蓋拆開檢查，看了許久，終於露出燦爛笑容。

「真的是我的手機，」老人溫柔的說：「它是一支善良的手機，從不浪費我一毛錢的電話費。」

「舅公，」我誠心誠意的向老人鞠躬道歉：「真對不起，真不好意思。」

「幹麼說不好意思，」轉換成舅公身分的老人，熱情的拍起我的臂膀，說：「真好、真好，我們大埔村又將出一位高手，真是一代比一代強，一代比一代有出息！」

「好啦！」阿門叔公收斂起笑容，正經的看向另外兩位老人，問：

「那今天小杰的模擬測驗通不通過？」

「通過！」兩位老人異口同聲的肯定。

今早三位村裡的長者，為了測試我「偷盜」技巧，及面對指控時的臨場反應，特地借用舅公的雜貨店做為「實習商店」，先由我在紙上寫出想取得的物品，經彌封後再進到店裡偷出來，只要拿出的東西與紙上名稱符合，我的測試就算通過。

我們大埔村是個偷盜之村，偷盜的技巧是一代傳一代，不僅傳子又傳女，大家還常彼此切磋琢磨。

從小到大，都是由爸爸訓練我偷盜的技巧、技術，以及臨場的應對進退。一旦時機成熟了，就由村裡長老驗收成果。

只要在實習商店通過高難度模擬測試，日後在外偷盜東西，大都能

手到擒來。

阿南叔公摸摸鬍子，說：「除了技術好之外，我還要特別稱讚小杰的表演技巧——要當個好小偷，會演戲也是很重要的，小杰一會兒裝無辜，一會兒又裝可憐，他懂得父親在場時，表現兒子應有的順從，因此整個過程中他都不搶爸爸的風采。」

阿南叔公潤潤喉嚨，又繼續說：「這樣說來他好似配角，但爐火純青的功力更勝於主角，尤其是那句——『沒有，我沒有！』——卑屈、惶恐的表情及語氣，更是表現出少年人對成人世界最無力，但其實是最強烈的控訴！」

「唔……」我和爸爸、阿門叔公、舅公面面相覷，聽不太懂阿南叔公說什麼。

阿南叔公年輕時曾跟著大導演拍攝電影，他們的作品榮獲許多國際大獎，比如威尼斯影展金獅獎什麼的，退休後，他偷了幾部攝影機回到大埔村，現在還常可見到他在村裡到處拍片，拍阿婆在洗碗，或是老狗轉圈圈啃自己尾巴等。

「好啦，我最想問，你是哪時偷到我的手機的。」舅公趕緊插入一句讓大家較聽得懂的人話。

「在你生氣，衝向後方貨架時，你撞了我一下，就在那時拿到的。」我說。

「你這小鬼，」舅公忍不住又讚嘆起來：「知道我那時找不到東西，已惱羞成怒，所以故意擋住一半去路，讓我撞了一下。」

「唉，你從頭到尾都在暴怒，根本不懂得演戲，」阿南叔公嘆了口

氣說：「反倒是阿杰，他懂得挑逗你的怒氣，在慌亂中達成任務，他應該往影藝圈發展的。」

「好啦，好啦，先不去影藝圈，先去上學啦！」舅公好像又要惱羞成怒，他甩甩手腕要我快離開，並說：「晚上有『豐年祭』，放學後快回來，還有，別忘了到『祖公廟』跟『祖公』說，我們今天測驗成功，你的偷竊技巧讓我們相當滿意。」

我連忙點頭稱是，今天的確很忙碌，清晨我在實習商店模擬測驗，白天要在學校接受模範生表揚，然後晚上又有村裡的人為我舉辦豐年祭。

還有明天，明天起任務更艱鉅，我得一連七天在外地接受「少年禮」的磨鍊。

這幾天的確夠我忙的了。

還是學校生活最感到輕鬆愉快！

想到能去學校，我整個人變得悠游自在起來，我愉悅的背起書包，輕快的走在村裡人稱「舊街路」的商店街上。

這條老街雖然是商店街，但算來算去，只有十來家店而已，除了雜貨店外，還有電器行、服裝店、麵店、中藥店、棺木店……全都是門面樸實的鄉下小店，但所有人生大事在此一應俱全。

走完商店街就可以看到祖公廟，祖公廟前有一個大廣場，廣場中有一部已沒輪框、車胎的警車，幾個早起的小孩在那裡玩警察抓小偷的遊戲。

舊街路連接祖公廟旁的馬路，那是村裡聯外的唯一道路。

我恭敬的望向祖公廟，祖公廟裡供奉的是我們的祖公，廟門上有一大大的匾額，上頭書寫五個大字：飢寒起盜心。

聽村裡長輩說，大約在百年前，日本人剛統治台灣時，大埔村曾鬧過一次嚴重旱災，一年多的時間老天爺不曾降雨，所有作物枯死，田裡的稻苗，山上的香蕉或是柑橘，無一倖免。

村民們撐不下去，開始鬧饑荒。

一位一天到晚跑給日本警察追，專門偷別人東西的祖公，起了憐憫之心，他將一身本領交付給大家，帶著大家到外頭偷東西。

因為有他，村民平安的度過這次劫難。

等祖公去世之後，為了感念他，大家利用偷來的材料，在村裡蓋了一座「祖公廟」，並約定要將祖公的本領及濟人的精神延續下去。

這是一種傳承，一種使命。

我生在這裡，長在這裡，毫無疑問的，也必須肩負延續傳統的重責。

只是這擔子，我越想越是沉重……

我走進廟裡，將今早的測驗告訴祖公。

廟裡有祖公的金身，用木頭刻成的，兩旁還有祖公及早期村民的黑白相片。

祖公是個極瘦，面部黧黑，手長腳長，像隻黑猴的男子。

我默默的向祖公祈禱，突然不知怎麼的——就像腦袋莫名的被人狠狠敲了一下，或走在路上，被突如其來的天外飛石擊中，一種無助的不

安慰，如汽水瓶中的泡泡，不斷自心中竄起——

我忽然覺得祖公好像有話要與我說。

我細細端詳祖公的面容，不管是他的神像，還是百年前舊照，總是面帶愁容，好似心中沉悶，有話卻說不出口的愁苦樣貌。

祖公廟我自小到大不知來過多少回，但今天卻是第一次有這樣的體悟——是祖公穿越百年時空，傳遞訊息給我嗎？

祖公……

我忽然想問，你是不是不快樂？是不是有什麼心事想與我說？

祖公……

你如果想說，就請盡情的與我說，我們一定會盡心盡力幫您辦好！

就在我神思馳盪之際，廟裡突然迴盪起一句問話，祖公竟真的開口了——

「你是不是要去上學了？」那話飄盪在偌大的祠堂中，像自天上傳來。

「祖公……」我喊。

那聲音是那麼的清澄悅耳，那麼的引發智慧，我不禁心神一顫，趕緊問：「祖公，是你在問我嗎？」

「不是啦，是我啦！」

聲音自後方傳來，我趕快扭頭看——差點昏倒，高張的情緒一下癟氣了，原來是廟前玩耍的小孩們，全擠到廟門口，其中一位小孩見了好奇，於是問我。

「你的樣子好像被棍子打到！」他接著問。

「不對啦，」另一個孩子搶著說：「比較像是被隕石擊中！」

「好了，別吵了，祖公廟裡要肅靜。」我有氣無力的回答他們的提問：「對，我要上學了，還有，你們不是在玩警察抓小偷的嗎？」

這遊戲很受長輩嘉許，它可以訓練孩子們閃躲、逃跑的技巧。

「不玩了，玩不下去了，」一位小孩說：「大家都要當警察，不當小偷。」

「這樣喔。」我牽著他們走到外頭，突然心裡一個聲音響起——

「我也不要當小偷……」這是我的心聲，他與祖公的愁容一同浮現心底。

然後——

「快要遲到了！」則是另一個更焦急的心聲。

我帶小朋友們走回警車旁，並跟他們約定，傍晚有機會再與他們一同玩遊戲。

經我的鼓勵，小孩們又開始在車上爬上爬下，歡笑聲又自警車中傳出。

這輛警車是多年前一位剛上任的派出所所長開來的。

新官上任三把火！

所長聽說大埔村是個偷盜之村，不顧同僚的勸阻，單槍匹馬的開了一輛警車來村子抓小偷。

「在我的轄區內不准有犯罪分子！」他與其他警察說。

於是他趾高氣揚的在廟前廣場集合所有村民，並大聲斥責所有村民——

「你們都是小偷！」

我那時還小，聽大人說，現場先是一片寂靜，然後由氣呼呼的舅公開始發難。

老人家搶先喊：「我不是小偷。」

接著其他叔公、叔婆、大伯、小表哥……大家紛紛表態——「我不是小偷……我不是小偷……我不是小偷……」

現場沒有激動，村民也沒有暴動，大家只是理直氣壯，一個接一個有秩序的表態，向新任所長說明這裡沒有小偷，也沒有盜賊。

——雖然大家都從事偷盜的勾當，但因祖公有交代，所以我們一定要向外人強調，我們絕不是小偷。

在輪番上陣的過程中，神奇的事發生了，警車右前方的輪胎不見

了，接著是左前方輪胎不見了，然後是右後方的輪胎不見了，最後是所有的輪胎都不見了……

有人輕拍一下所長的肩頭，要他留意警車，所長一轉身，警帽不見了，無線電也不見了，褲頭上的皮帶不見了，皮鞋上的鞋帶也不見了……

等到大家散去時，只剩一輛無法開動的警車，以及一身狼狽的所長。

聽說那位所長是哭著跑回去的，他一手摀住臉，另一手提著褲頭，免得褲子掉下來。

「我們這裡治安很好，根本不需要警察來巡邏。」叔婆曾跟我說。

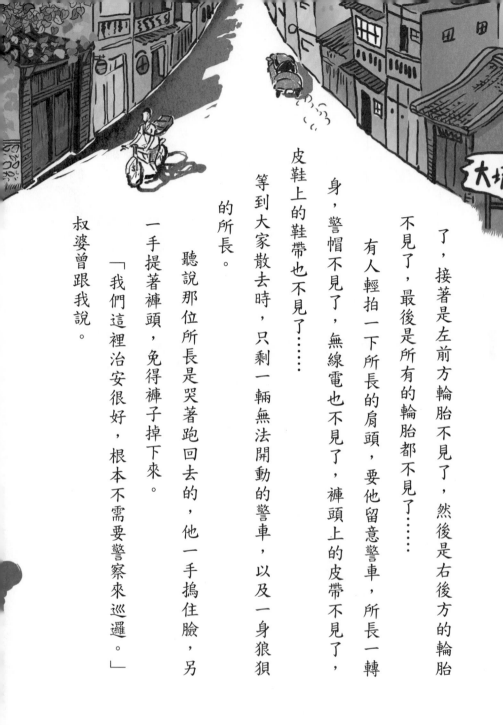

祖公廟
12345

「對啊，警察來幹麼？」缺了門牙的阿門叔公，也和顏悅色的與我說：

「我們這裡沒有小偷，我們也不是小偷。」

「沒錯！」看著眼前的警車，我心裡又想：「我也不想當小偷。」

3. 上學

離開廟前廣場後，路的兩旁開始是稻田、菜園、梨園或葡萄園，以及偶一出現在田園中，灰瓦白牆的房舍或三合院。

我一直覺得大埔村很像一幅畫。大埔村有山，有水，山不會太高，是緩緩升起的丘陵；水也不會太過洶湧，一條名為石角溪的小河，靜靜的在山腳下流淌。

不管是哪個時刻欣賞，你會發現這幅畫滿是靜謐、安詳的氣氛，而色系永遠偏向翠綠及淡藍。

我一邊欣賞這一片好山好水，一邊加緊腳步趕往學校。

只是煞風景的是，漂亮的風景畫中有一團不協調的黑點，而且那黑點還不斷的在菜園中蠕動。

我無法忽略那麼不搭調的東西，走近一瞧，原來是穿著一身黑的秀娥姨婆在菜園中澆水。

「要去上學囉？」富態的秀娥姨婆見到我就笑嘻嘻的，她是個和氣又調皮的婦人家。

「對。」我有禮的與她回應，我從小被教育對長輩要尊敬。

「來，給你一根新鮮的玉米，沒灑農藥，有機的喔。」姨婆從田裡走到路邊，將剛採下的玉米硬塞到我手中。

「很甜，生吃沒問題。」姨婆常將她種的蔬菜挑到鎮上賣，聽說很

受歡迎。

「姨婆……」我突然臉上一皺，苦著臉叫她。

「怎麼了，不喜歡呀！不高興呀！」姨婆假裝在生氣。

「不是啦，姨婆妳拿了我的課本，」我委屈的說：「沒有課本我怎麼上學。」

「啊？你的課本……咦？你的課本哪時跑到我手上了。」姨婆大呼小叫，像見著不可思議的事情。

我和她心知肚明，課本明明是她從我書包中偷出來的。

大埔村是個偷盜之村，不管是菜園的老太婆，還是店裡修理電器的年輕人——反正你在村裡見到的任何人，個個都是身懷絕計的偷盜行家。

你絕不可以因他的年紀，或是從事的行業而小覷他們。

「跟你開個玩笑，想看看你警覺心夠不夠，」姨婆突然正經的說：「你果然是年輕一輩中，最被看好的，村裡的傳承就靠你囉，明天的少年禮，加油了！」

「謝謝……」我滿懷感激，但喉嚨一乾，突然說不出話。

「我不想當小偷……」那個聲音又悄悄的自心底升起……

大家都在期待我，不知怎麼的，我有點希望明天不要來……

經姨婆這一折騰，時間更加緊迫。從村子到學校有五公里的路程，我必須啟動我的飛毛腿，讓自己健步如飛。

祖公有交代，有強健的雙腿，才有資格偷人東西，所以村裡的人，

自小都被訓練成飛毛腿。

只是毛腿再怎麼飛，也快不過現代的機器。

「叮鈴！叮鈴！」的鈴聲響起，一輛變速自行車如子彈般的自我左後方飛近。

「喂，坐上來吧！」騎車的是阿凱表哥，大我幾歲的村中玩伴，他早已通過少年禮的考驗，成為接續村中傳統的繼承人之一。

這表示他能任意到村外偷東西，也有責任要為大埔村向外盜取東西。

「你怎麼有腳踏車？」我指指那輛帥氣的自行車問。

「從村外偷來的啊，到處都有得偷。」他說，然後停下車拉我坐上後座。

「我不想坐，我應該可以趕上。」一股莫名的拗脾氣起，我婉拒他。

「那麼客氣幹什麼，來嘛！」

盛情難卻，加上他已拉住我的手臂，我只好坐上。阿凱表哥與我有一段美好的童年時光，通過少年禮後，他就是個小大人，就少與我在一塊兒，但親暱感仍在。

「今天晚上是豐年祭，明天起就是你的少年禮嘍。」他邊騎邊說。

唉，怎麼大家都在討論這件事。

前幾天還滿心期待，但事到臨頭，我反而有些厭煩這儀式。

「你有看過『祖公簿』嗎？」我問，這是這整個過程，唯一讓我感到好奇的事，按祖先流傳下的慣例，通過七天少年禮的人，可以翻閱祖公廟裡的祖公簿。

聽說祖公簿裡寫的，全是祖公交代給子孫的心裡話，相當感人。

「看過！不過我現在不能跟你講，」阿凱表哥故作神祕的說：「反正七天之後，你就能看到了，到時你會熱血沸騰的。」

沒想到一向坦率的阿凱表哥，現在也會想要瞞我一些事。

村裡的傳統力量實在太強大了！我只能這樣想。

我沒好趣的整理書包裡的課本及玉米，這才發現早上匆忙中，忘了帶文具。

「什麼！你沒帶筆盒！」阿凱表哥問，雖然後座多載一人，但他腿力好，腳踏板依舊踩得很勤。

我對他喊了幾句。

「幹麼跟我借，去跟書局『借』就好了！」他在前頭大喊：「小心

扶好，我要啟動『渦輪引擎』，目標，鎮上的和文堂！」

和文堂是鎮上最大的一間書局，有阿凱表哥那兩條「渦輪引擎」，五公里的路程我們五分鐘就到達了。

沒通過少年禮，我不能到村外的書局「借」東西，只好羞愧的在馬路邊守住自行車。只是左遮右掩，流線型的車身骨架就是太苗條，一直遮擋不住我那張臉。

在左支右絀當中，和文堂走出一個女孩，很可愛，臉上的笑容很甜，而且是對著我笑。

「吳俊杰你早。」她喊。

「妳……妳早……」我結結巴巴的說，這女孩叫劉郁玟，她爸爸就是和文堂的老板。

「恭喜你當上模範生，朝會要頒獎了。」她又笑盈盈跟我道恭喜，一個月前，我和她經過激烈的票選，最後班上同學及老師推舉我擔任這一學年的模範生。

「謝……謝……」我畏畏縮縮，一點都沒有模範生的侃侃風範。

「我先去學校囉！拜拜！」她見我沒有要離開的意思，於是又大方的與我道再見。

「拜、拜拜，我……等我表哥買東西……」說完這句，我的臉已紅得像根紅蘿蔔，等見到表哥笑嘻嘻的偷出整套新文具時，我更是羞愧的想挖個地洞鑽進去。

阿凱表哥讀鎮上的中學，與我不同校。我進到自己的教室時，時間

還蠻剛好，大部分的同學還未到校，還是早自修時間。

我小心翼翼的走到劉郁玟身旁，以迅雷不及掩耳的速度，將整套新文具放到她的書包。劉郁玟整理書包時，會覺得莫名其妙突然冒出這些東西，但她見到文具上貼有和文堂的價錢標籤，應該就會將文具擺回店裡的。

我以這行動來減低我的不安感，原以為神不知鬼不覺，沒想到剛離開劉郁玟身邊——我鼻腔裡還帶著她長髮的香味呢！卻傳來一聲令人驚心動魄的叫喊。

「吳俊杰，你過來！」

我心頭一驚，是吳美香老師在叫我！

我全身開始冒汗，心想，我鬼祟的舉動，被老師發現了嗎？

4. 吳老師

「你今天是怎麼回事？」吳美香老師溫和的看向我。

從小到大遇過許多老師，如果你問我誰是全校最好的老師，我一定回答是吳美香老師。大埔村是鄉間一幅美麗的畫，我敬愛的吳美香老師，則是學校中另一幅美麗的畫。

「我……我……」我吞吞吐吐的說不出口，千頭萬緒，不知該從哪一頭說起。

但我更怕的，是我最敬愛的老師會說我偷別人東西。

「怎麼慌張成這樣子？」吳美香老師定定的看著我，像在挖我什麼底細。

「我……我……」我的臉熱了，眼眶不知怎麼的，竟也有些溼潤了。

我不怕舅公窮兇惡極的模樣，但我不忍見到吳美香老師對我露出失望的神情。

「你看你，」老師終於開始數落我：「平時制服都穿得整整齊齊的，怎麼今天弄得這麼凌亂？待會兒要上台領獎，是代表班上的模範生呢，怎麼可以弄得那麼邋遢，來，把衣服整理一下，等拿回獎座，老師幫你拍個照……」

原、原來是這麼一回事！

我鬆了一回氣，但不知怎麼的，激動的情緒仍無法平息，胸中糾結到最高點，兩行熱淚就這麼汩汩而下。我雖已高年級，但一激動，就像演連續劇般容易掉淚。

「老師……」我帶著哭聲，但又怕同學聽見。

「你……你怎麼啦……」老師好似嚇了一跳，立即關心的問。

「我……我不是小偷，我不想當小偷！」我想在吳老師面前，吐露我的心事。

「小偷？」見我如此說，老師當然覺得奇怪。

「你怎麼會是小偷？」她疑惑的問：「你還曾在學校拾金不昧呢，對不對？」

沒錯！而且不止一次。最早的印象是，我在大號間拾到一只裝有一

百元的小皮包，我於是藏身在廁所中，不斷朝前來就廁的同學詢問，是不是掉了東西。

來大號間的人，大都一臉倉皇，為確實分辨出皮夾的主人，我認真的考問他們五道難題，通過難關的人，才能讓他們拉開大號間門把，進到裡頭解放——

比如，你上一節下課，有沒有來上過大號？

或是，你為什麼那麼慌張？是不是有什麼困難？

最後在大家哀嚎聲中，我找到皮夾的主人，也被上完大號的人，告到訓導處。

聽了我的辯解，訓導主任大大稱讚了我一下。那是我小二時所發生的事。

「對，我是個誠實的人……」我與老師回應。

但過去的榮耀並不值得大書特書，我回到現實，小聲且委屈的對吳老師說：「可是我很快就會變成小偷了，我不想當小偷……」

「來，我們到外頭談。」吳老師真的是位好老師，她見我一臉認真，於是牽著我到操場邊談。

「老師，」我拭去淚痕，操場有球隊在練習，我不想被他們見到我的糗樣。

「我明天起要請假七天。」我先向老師請假。

「請假，七天？」老師驚訝的問：「要那麼久，過完這週六、週日，下週有一整週的百年校慶週，有園遊會、運動會、才藝表演及展覽，熱鬧得很，怎麼不參加，是要出國旅遊嗎？」

「不是，」我不好意思的回答，我知道下週有熱鬧的百年校慶週，少了我參與，班上拔河及大隊接力要拿第一，就得更賣力了。

只是在吳老師面前，我不想說謊，我是拖到最後不得已了，才開口的。

「我不是要出國，我要參加少年禮，如果扣去星期六及星期日，我只請五天就好……」我硬著頭皮說。

「少年禮？」吳老師搖搖頭說：「我怎麼不知道有這樣的禮俗儀式？」

吳老師看向我，我可以從她左右瞳孔中，見到兩個小小的我在其中，只是平時的我，不像她眼裡那兩個小人，那麼怯生生的。

「啊，我想起來了，」吳老師突然想起什麼似的喊了一聲，再急忙的說：「我媽媽曾告訴我，有一個大埔村，他們有少年禮的習俗……」

「沒錯，我就是大埔村的孩子……」我坦白承認，這是我第一次在校園，向人提及我的出身。

「不對吧，」吳老師說：「我記得學籍表裡，你爸爸填的是高簡村。」

我苦笑了一下，說：「那是故意填錯的，我們從不向外人張揚我們是大埔村人。」

「真的嗎……你是大埔村的孩子……」老師皺起眉頭，她沉吟著，好像在回憶那古老的傳說：「那是一個奇特的村子，經過少年禮之後，你不就變成一個……」

「沒錯！一個小偷！」我痛苦的喊：「可是我不想當小偷，我不想

讓模範生的獎座被學校收回，我不想參加少年禮……」

「不當那個，嗯……」吳老師說：「那不是違背你們的習俗？」

吳老師果然是個好人，她了解我，不再說出那個讓我難過的名詞。

「那是不對的，」不知怎麼的，我想起祖公愁

眉苦臉的表情，我做出和他一樣的神情，說：「妳上課不是提過，不好的習俗就要改嗎？老師，妳要幫幫我……」

吳老師又再次看向我，她的眼珠有些顫動，我從那裡可以感受到驚訝、關心、感動、了解，以及決心。

「好，」像下定了決心，老師堅決的說：「你是個好孩子，我一定會幫你的！放學後到你家做家庭訪問，我要與你爸爸談談你的想法及心願。」

「家、家庭訪問！」我驚駭不已。外形柔美，但個性直率的吳老師，常做出些讓我們意想不到的舉動。

我馬上勸阻她：「老師，妳不要去！雖然我們大埔村很漂亮，像一幅畫，但沒有人敢去大埔村，老師，妳千萬不能去！」

大埔村雖很美，但外頭謠傳那裡是龍潭虎穴，沒人敢冒然前去。吳老師笑意中帶著執拗，她斬釘截鐵的回應：「你是我的學生，當你需要我幫忙時，再怎麼可怕的地方，我都會去！」

老師的話讓我感動，讓我充滿力量。身材苗條，留著短髮，喜歡穿裙子，蹬時髦女鞋的吳老師，立即在我心中成了一位肌肉發達的神力女超人。

可是即使是超人，也無法在大埔村全身而退，我很了解我們大埔村的實力。

「老師——」我像在哀嚎，美麗的老師去村子實在太危險了，我想到廟前那輛破警車，以及那位仍被村民恥笑的所長。

「那就說定了，」老師不再讓我發言，她像平日那樣快言快語的說：「放學後在校門口等我，我用機車載你回家。你是路隊的吧，嘖嘖，沒想到你這幾年都是走那麼遠的路來學校，大埔村的孩子果真名不虛傳呀！」

說完，吳老師直接牽我回教室，事情就這樣講定了。

放學後，我惴惴不安的在校門口等老師。

劉郁玟見到我杵在大門，想與我聊幾句，但我說得有一搭沒一搭的，可能是覺得我沉悶，她於是又笑盈盈向我道恭喜後才離開。

這麼可愛，又這麼大方的女孩，讓我羞得不敢抬頭。

她應該已發現書包裡的新文具了吧！

一想到這點，今天模範生的獎座我就拿得心虛，它現在正被我埋在

書包裡，被課本、簿子壓得不見天日。只有這樣，我才心安些。

吳老師並沒有讓我在校門口羞愧很久，她很快就騎一輛舊機車過來。

「你爸爸叫吳慶桐吧！」吳老師劈頭就問。

「沒錯！」我皺著眉頭說，不知她問這做啥。

「我剛剛去找我媽媽，」吳老師要我快坐上後座，因為導護老師在趕我們。

「她許多年前就想拜訪大埔村，但沒去成。」她繼續說。

「幸好沒去成……」我心裡想，要不然老師的媽媽可能需要做心理復健，就像那位派出所所長一樣。

一想到這點，我又想勸阻吳老師不要去。

「老師……」我怯生生的，像個可憐蟲般的說話：「大埔村很……」

「我知道！」老師很快攔截我下半句，「大埔村很漂亮，像幅畫一樣，對不對？」

5. 家庭訪問

吳老師果然是個神力女超人，在她催趕之下，破舊的摩托車竟風馳電掣起來，我們很快離開市區，來到大埔村。

摩托車雖快，但在鄉間還是騎自行車最是舒服、愜意，下次阿凱表哥如果想向人「借」摩托車時，我會向他如此建議。

「果然大埔村像是一幅畫！」吳老師說，她頭戴安全帽，臉掛太陽眼鏡，像個女戰士般的帥氣。

「嗯！」我在後座點頭，開始擔心前方一片綠意中的那一小團蠕動人影。

「我先生，也就是你們的師丈，在縣政府觀光局當科長，他一直想在縣內推廣現在最流行的鄉間自行車一日遊，你們大埔村有山有水，又有這麼多的鄉間小路，真的很適合推廣這活動。」

吳老師說得興奮，她見不到我臉已糾結成一團，因為我看到穿著深色工作服的秀娥姨婆及阿佐姨婆——剛剛就是她們在田裡蠕動，現在正在路旁向我們招手。

「她們是誰呀？」吳老師天真的問，一點都不知曉兩位姨婆的深沉、可怕。

「我的兩位姨婆……」我囁嚅著。

「嗨，妳們好！」吳老師停下車，熱情的向她們問候。

「她是吳美香老師，我學校的老師！」我在後座大喊，先說明吳老師的身分，以期望兩位姨婆能尊師重道些。

「原來是老師呀！」比較富態的秀娥姨婆笑嘻嘻的，她問：「老師特地來我們村子拜訪，是小杰不乖嗎？」

「如果不乖，就要幫我們好好教訓他一下！」身材比較乾瘦的阿佐姨婆則繃著臉說：「他是跟人打架，還是……偷人家東西？」

長輩最擔心我們小偷的身分被人識破，阿佐姨婆如此問，是可理解的。

「男孩子較好動，偶爾與人打架實在難避免，但如果是偷人東西，那就不對了，一定要好好揍他一頓。」秀娥姨婆又繼續笑嘻嘻的說，像在套老師的話。

「不是、不是！」吳老師搖起雙手，說：「俊杰在學校很乖，他沒打架也沒偷東西，他今天還在學校接受模範生的表揚呢！他真的很棒、很乖，我來這裡只是想與他爸爸聊一下，做個簡單的家庭訪問而已。」

「喔，那就好。」阿佐姨婆口氣較和緩些，但依舊面無表情的說：「我們大埔村的人就是老實、善良，絕對不會偷別人東西，外面的人說我們大埔村是個小偷村子，那根本就是亂講！」

聽阿佐姨婆如此說，我臉熱了起來，她們老人家行走江湖數十年，不管說什麼謊，都能做到面不改色的地步。

「對呀，我們最怕孩子被外面的人帶壞，然後亂偷別人東西了，來，老師這顆高麗菜及這把青菜送妳，很謝謝老師照顧我們小杰。」

秀娥姨婆一接近老師，我即刻心跳加快，我一直盯著老師，深怕她身上會少了什麼東西，只是秀娥姨婆故意用她發福的身軀擋住我的視線，讓我只能乾瞪眼。

「老師，沒關係啦，妳就收下來嘛！來，我這裡還有一串香蕉，剛割下來的，妳就收下嘛！」阿佐姨婆也繃著臉靠過來，讓我額上熱汗直流。

「不……不……喔……好，謝謝妳們！」在兩位老人家熱情攻勢下，老師只好笑著將東西放在摩托車前方菜籃中。

對兩位姨婆致意後，吳老師繼續將車子騎向前，我回頭一望，見到

秀娥姨婆詭異的對我眨了一下眼。

我嚇得差點從車上滾下來，我趕緊將吳老師從頭到腳掃瞄一遍，似乎沒少什麼東西。

「村子裡的人真是熱情！」吳老師笑著說。

「唔……」我不知該說什麼，隨著祖公廟越來越近，我神經越是緊繃。

「你家在哪裡？」老師問。

「在祖公廟旁的舊街路上，最裡面那一間。」我有氣無力的說。

「哇！你們這裡有間百年古廟，石柱上有刻字，是日本時代蓋的耶。」吳老師突然發出讚嘆。

「哇！你們這裡還有條老街，真是古色古香……這麼多的景點，一定能吸引很多觀光人潮，我回去一定要跟我先生講……」

吳老師像個孩子般的天真呼喊，村子幾個年幼的孩子，也站在廟前廣場天真的望著她。

「嗨，你們好——」吳老師果然是老師，懂得怎麼吸引小朋友，她喊：「來，送你們海綿寶寶貼紙，一人一張！」

孩子立即一窩蜂的湧過來。

「不可以，不可以——」我連忙大喊：「你們不可用擠的，要排好，排好——」

我其實不是怕小孩擠成一團，我是怕他們亂偷吳老師的東西。

果然，有個孩子偷了老師家中的鑰匙。

「不可以——」我小聲警告他，再偷偷放回老師包包中。

然後，又有個孩子偷了老師的口紅。

「不乖喲——」我故意瞪大眼告誡他，又偷偷放回老師包包中。

好不容易送走孩子，老師似乎還在興奮當中。

「很純樸的一個地方，我喜歡！」她說：「我可以將摩托車停在這邊嗎？我想逛逛這條老街。」

然後她又問：「咦，怎麼這裡有部警車？它的輪子呢？」

「它……它……」我支支吾吾說不出口，幸好老師不在意我的回話，她已愉悅的朝舊街路走去。

廟旁第一家店是中藥行。

見到藥行老板探出頭，我馬上喊：「阿坤伯，她是我老師！」

我們村裡很少有外來客，如果有陌生人誤闖進村子，常會遭到戲弄與奚落，我希望我這一喊，能讓村民對老師手下留情。

阿坤伯一聽是我老師，馬上堆滿笑意說：「老師好！老師妳有沒有病，要不要抓中藥吃？」

藥行旁邊是棺木店，棺木店老板是阿義叔，他也跟著說：「老師好，老師妳好漂亮！老師要不要來選一副棺材，可以先訂製出來放在家裡躺，憑教師證可以打折喲。」

阿義叔是很認真在說明，沒想到吳老師一聽，輕笑出來。

「你們這裡的人都好有趣！」

「他們是認真的，」我一邊觀察兩位長輩有否對老師動手腳，一邊解釋：「大家都認為萬一沒藥吃，沒救了，就可以順路到隔壁選棺材，反正人都會一死，所以從幾十年前，兩間店就開在一起。」

「嗯，很有哲理在。」老師點頭贊同。

接下來是百貨行、電器行、麵店……，大家紛紛探出頭見我帶吳老師走過。可能因為她是老師，大部分的人都露著笑意，只有開雜貨店的舅公板起一張臉。

「你老師來幹麼？」舅公問我：「是不是偷別人東西被抓了？」老人家可能在意我技巧不佳，失風被抓，所以一臉不高興。

「不……不是啦……」我囁嚅著，匆匆帶老師走過雜貨店，奇特的是，雜貨店整個店面被棚布蓋住，幾個村裡的大人忙進忙出，像在整修。怪了，數十年如一日，從不改變的雜貨店怎麼在整修呢？

雖疑惑，但我怕壞脾氣的舅公會對老師不利——他是村子裡最固執的老人家，還是不要多停留的好。

走過雜貨店，再隔兩間就是我家，爸爸應該是得到消息，已走出屋外，平常這時候，他都在山上果園工作。

「老師好！」爸爸必恭必敬的問好，他拘謹的微微彎腰，態度相當恭敬。

「你好、你好！」老師也很快回禮，說：「不好意思打擾，我想做個家庭訪問。」

「請進！請進！」爸爸伸手邀請老師進到家中，如往常一般，家裡還是那麼乾淨、整潔，老師見了應當相當滿意。

爸爸是個手腳俐落的人，不管是家務，還是農務，總是做得盡善盡美，就如同他的偷盜技巧般，走過從不留痕跡，不拖泥帶水。

「小杰的媽媽已去世，所以都由我帶，如果他有什麼不乖，也請老

師多關照，多指導。」爸爸先說。

「沒有，沒有不乖，他很棒，他真的很棒！」吳老師真誠的說，然後自包包拿出一只大信封。

「你是吳慶桐先生嗎？」老師問。

「是是是。」

「你以前也是讀新盛國小？」

「是是。」

「你以前的老師叫陳芳嬌？」

「呃……對。」

身分確認完，老師自信封取出一紙證書，說：「那這是你的畢業證書。」

6. 爸爸的畢業證書

「這是我的，畢業證書……」爸爸雙唇蠕動著，幾乎快聽不到他說什麼了。

我偷偷伸頭一瞧，文件上貼有爸爸小時的大頭照，果真是爸爸的畢業證書。

「沒錯，」吳老師說：「我媽媽一直保留著，她說不管你有沒有參加畢業典禮，你永遠都是她心目中最優秀的學生。」

「你媽媽……」聽到爸爸的聲音哽咽，這讓我有些不解，因為他在

我眼中一直是個鐵漢，再怎麼堅苦的工作，他都硬撐起，從不掉淚的。

「我媽媽就是陳芳嬌老師，她患關節炎不方便過來，所以要我轉交給你。」

原來吳老師放學時先到她媽媽家，為的就是拿這紙證書。

「我媽媽說，她不怪你不再回學校上課，她一直很想念你，很希望你有空時能去探望她。」

「好……」爸爸馬上答應，緊接著「答」的一聲，一滴淚迫不及待的，就落在泛黃的畢業證書上，但爸爸很快將它拭去，然後珍而重之的將證書緊緊捏著。

「吳先生，你的事我媽媽這數十年來，不斷重複說給我聽，你們的習俗，你們的儀式，你們的傳統，我全都清楚，但你知道嗎——」

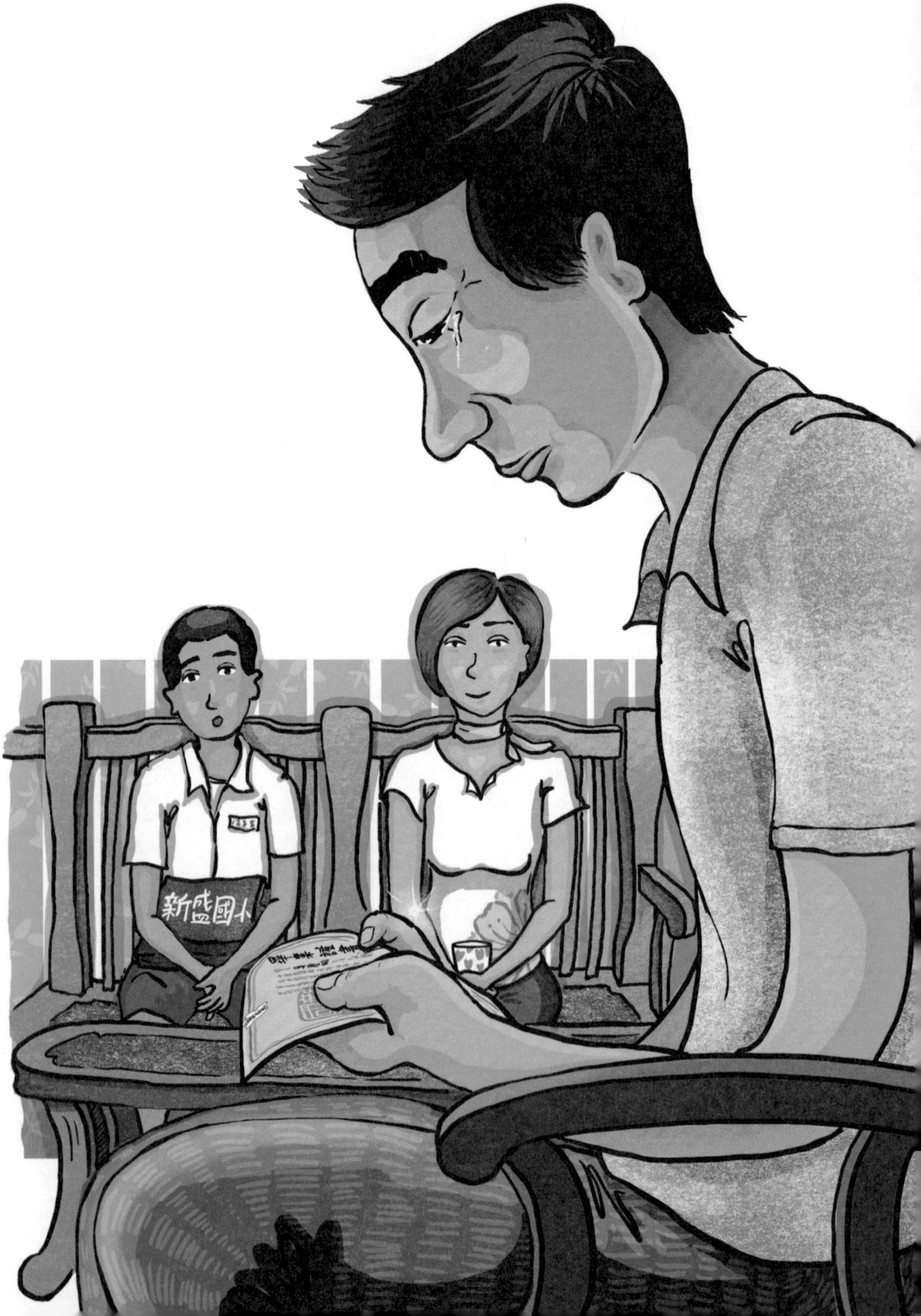
新盛國小

吳老師瞪大眼睛，像怕爸爸聽不清似的咬牙切齒說：「現在你兒子，也遇到與你當年同樣的問題，他也不想偷人家東西，不想參加少年禮！」

吳老師真是快人快語，她的直截了當讓我和爸爸當場傻住，我在其中聽出些端倪——

當年？當年爸爸遇到什麼困擾？難道……

「真的嗎？小杰，」爸爸似乎很驚訝，他眼睛也跟著撐大，好似他今天才真正看清我，「你也不想參加少年禮？」他問。

聽到爸爸這一說，我終於知道小時的他，應該是遇到和我一樣的困擾，只是他為何從不與我說

呢？我緊閉嘴輕點頭，在混沌未明前，我決定先不要亂回答，以免爸爸難過，畢竟他從我小時就辛苦栽培我、訓練我。

「唉……」見我執拗的抿起嘴，爸爸深深的嘆了口氣，那聲響，像自一口深不見底的古井發出的沉重回聲。

「吳先生，我要幫這孩子，也需要你的幫忙，」吳老師急切的說：「既然你小時不喜歡參加少年禮，那又何必逼迫你孩子參與呢？不對的事就該拒絕的呀。」

「爸，」我忍不住開口問他：「你……沒通過少年禮嗎？」

「唉，這孩子真像我，」爸爸不看我，他避而不答，只感嘆：「為什麼我們會遇上同樣問題……為什麼我們就不能同其他人那般，理所當然的過完少年禮……」

「那表示你與俊杰的道德感高於常人，既然有這樣的內心衝突，就該勇於突破！你知道嗎，俊杰早上掉著淚與我說，他不想當小偷，不想模範生的獎座被學校收回，所以，我們一定要幫助他。」

老師的想法很單純，但爸爸沉默了許久，才再開口對我說：「你和我太像、太像了，簡直是同一個模子出來的。」

他搖了搖頭，又繼續說：「亂拿別人東西是不對的，在參加少年禮前，我也曾掉著淚與陳芳嬌老師訴說我的心事，她一直鼓勵我拒絕傳統，甚至還說可以收留我，但最後……我違背了她……」爸爸露出比祖公還要痛苦的表情說：「通過少年禮之後，我不再回學校……甚至，連畢業證書都不拿了……」

「太……太……」我想說話，卻說不出口。

「太可怕了，對不對？」爸爸看向我，幫我完成句子。

「我也領過模範生獎狀，」爸爸說：「只不過在通過少年禮後，它就被我丟到石角溪……」

「我不要……」沒想到像個無敵鐵金剛的爸爸，竟也有傷心往事，我開始為他，及為自己嗚咽起來。

「那就不要讓後悔延續啊！」吳老師又強調說。

「不讓後悔延續……」爸爸開始反覆念誦這句話，像在囈語，也像在故意折磨自己，我和吳老師都擔心的望著他。

過了半晌，爸爸突然一抬頭，他臉上的猶豫已一掃而空，就像雨過天晴一般，他眼睛散放光芒，好似有了什麼體悟。

爸爸轉頭看我，語氣堅決的喊：「你老師說得對，我不該讓後悔延

續，我們應該——」

「應該準備去參加豐年祭了！」門口傳來一句嘎啞的聲音，只有最固執的老人家，才用這種命令似的語氣號令晚輩。

一個身影站在門口，遮擋住自外照射進來的光線，因為逆光，讓我一時看不清那是誰，我皺著眉頭，緊盯三、四秒後，舅公的形象才慢慢自我腦中成形。

舅公不知在門口站多久，聽我們談多久了，他是個老謀深算的偷盜專家，隱藏自己形跡就如同喝白開水那般容易。

「老師，要不要一起參加晚上的豐年祭？」舅公背著萬道夕陽金輝，像是不容孫悟空造次的佛祖，緩緩走進屋內，他嘴裡雖說邀請，但其實是在下逐客令。

「不、不，謝了，我先告辭了。」吳老師客氣婉拒。

現場所有人都知道，吳老師是鬥不過舅公的，在舅公眼裡，勇往直前的吳老師，只是隻一捏即碎的小蟲。

我和爸爸只好陪吳老師走回祖公廟前牽車，短短的路程中，老師仍把握最後機會，極力勸阻爸爸不讓我參加少年禮。

在夕陽斜照下，我們三人的背影拉得好長，爸爸和他的影子，始終沉默。

來到機車停放處，一群鄉親笑嘻嘻的望向老師。

「老師，妳的東西掉了！」秀娥姨婆首先發難。

「我的什麼東西掉了？」吳老師一臉錯愕，趕緊檢視周身。

我的心開始往下沉……

「妳的小零錢包掉了。」秀娥姨婆笑咪咪的拿出一只小零錢包。

「怎麼會掉？」吳老師驚呼：「它不是應該在我大包包裡的嗎？」

秀娥姨婆笑而不答，一臉神祕兮兮。

「妳項鍊上的金蝴蝶也掉了！」棺木店的阿義叔，也捏著一隻閃閃發亮的金蝴蝶說。

「怎麼會掉？」吳老師困惑的說：「它不是應該串在我金鍊子上的嗎？」

身材及面孔像棺材板一樣扁平的阿義叔聳聳肩，表示他自己也覺得莫名其妙。

接著村民你一言我一語的搶著說——

「老師妳的梳子掉了！」

「老師妳的提款卡掉了！」

「老師妳的駕照掉了！」

……

最誇張的是中藥行的阿坤伯，他恭敬的將一只銀行信封交還給老師，還提醒她：「老師，妳的信用卡帳單掉了，這個月要繳一千二百三十二元，別忘了！」

「你們是從哪裡拿到這些東西的？」吳老師乾脆拿一只塑膠袋，將村民「拾」到的物品全數裝入。

我羞愧的將臉朝向地面，我知道祖公有傳授給子孫一套「鑽地術」，那是盜墓專用的，只是我才疏學淺，功力不深，還沒法像土撥鼠般，馬上挖出個地洞躲起來。

但吳老師似乎不在意，她笑呵呵的，好似「玩」得很開心。

「在地上『撿』到的。」有人這樣說。

「自己『飄』過來的。」有人那樣說。

阿坤伯最是誇張，他說：「不知怎麼的，它就出現在我家桌上！」

「太好玩了，真謝謝你們！」老師大笑說。我不知道她清不清楚，村民是看在她是我的老師份上，才將物品歸還，要是一般人，那早就……

最後在眾人再見聲中，吳老師騎上機車離開。臨去時，她各看我和爸爸一眼，我們父子倆千愁萬緒，在眾人面前，不知該向她保證什麼，只能怔怔的看她離去。

老師……唉……我也學起老頭子，心中嘆起氣來。

我不知此時爸爸感受如何，我只知我的腳板有如千斤重，真的是舉步維艱，連轉個身都很困難，好不容易調過頭來，就瞧見舅公在遠處瞪視我們。

7. 豐年祭

大埔村的豐年祭與少年禮息息相關。

大埔村的孩子在十二歲生日的前一晚，村民會為他舉行豐年祭。吃喝慶祝一晚後，第二天，也就是那孩子十二歲生日當天，他會獨自一人到村外生活一週。

在不帶任何工具，及不帶一毛錢的情況下，他靠著學來的偷盜技巧過活。

只要順利度完這七天少年禮，那就表示他已跨入人生新階段，將能成為一個延續祖公傳承，為大埔村向外偷盜物資的合格村民。

而少年禮前一晚舉行豐年祭，則有祈求明日出征的少年獵獲順利，以及獵獲豐收的意涵。

聽老人家說，位在山邊的大埔村，原本是原住民「太宰吧海族」的居住地，為了紀念他們，所以保留他們豐年祭的習俗。

但我才不信太宰吧海族，是為了準備偷盜別人東西，才舉行豐年祭的。

尤其是在今晚，我更是為太宰吧海族的豐年祭遭污名化，感到憤憤不平！

不過沒人能體會我的心境，大家都一廂情願，熱情的為我舉辦祭典……

為了慶祝我明日豐收，舅公異想天開的「偷」來一家便利商店，套在原來的雜貨店上，還順道「請」來一位店員幫忙。

原來舅公雜貨店下午大肆整修，為的就是這目的，這麼瘋狂的點子，也唯有心狠手辣的舅公才想得出。

「來！」像刻意忘記傍晚的不快，舅公咧開大嘴向我靠來，順手將一張小卡片硬塞到我手中——那卡片利如刀刃，刮得我手心好疼。

「那是什麼？」我嚇了一跳。

「icash啦，沒用過嗎？可以到我店裡刷卡購物喔，請多留意店裡的購物優惠訊息，可以讓你得到更多好康喲！」

見我不說話，舅公又笑嘻嘻的說：「為祝福你明日出征順利，我全村每人贈送一張icash，每張儲值一千元，來來來，免費大方送！」

我還是沒回應，但舅公不以為意，繼續笑呵呵的當起聖誕老公公，到處送起卡片來。

除了舅公的便利商店，祖公廟前還有一部「借」來的電子花車，以及數攤石板烤肉。

電子花車的裝飾及設備極其奢華，叔公、叔婆在它誇張的貝殼型外蓋下，賣力的唱起客家山歌，在紅的綠的黃的藍的，各色投射燈照耀下，身在其中的老人家，個個都成了星光大道上的大明星。

若對叔公、叔婆的歌藝不敢恭維，則可到烤山豬肉攤前湊熱鬧，那裡的煙霧、火光及肉香，有股神奇的魔力，能勾引出人們的真性情，讓大夥當場大塊吃肉、大聲談笑起來。

放眼望去，所有大埔村民都聚在祖公廟前，廣場飄蕩著肉香、歌

聲，還有愉悅的交談聲，氣氛鬧熱滾滾，一向寧靜安適的小村子，今晚卻如夜市般的喧譁。

大家歡聚一起，除想暫時脫去拘謹的農村生活，獲得稍稍的喘息外，更重要的是，想慶祝我明日豐收。

只是利用村外偷來的東西為我祝福，這讓我覺得羞愧，我想躲藏起來，但我是今晚的主角，就像身上裝了衛星定位系統，還是屁股被裝上會發光的東西，我發現我無所遁形，每個人都能輕易找上我，然後對我笑，與我聊。

早上在廣場玩警察抓小偷的小孩們，也捧著思樂冰擠到我身旁。

「小杰哥，」一位小男孩害羞的拉拉我衣服，他仰起頭，張著晶晶亮亮的黑眼珠，像個天使般的，誠心誠意的對我說：「我想要一組變形金剛玩具。」

另一位男孩聽了，則努起嘴說：「小杰哥哥，我只要變形金剛裡的大黃蜂就好，我才不要像他這麼貪心，要一整組玩具！」

小孩子最怕落於人後，只要有人開口，其他人一定馬上搶著說，接下來我耳邊開始響起嘈雜的喊叫聲——

「我要一部玩具四驅車！」

「我要軌道車模型組！」

「我要凱蒂貓文具組！」

我要……我要……我要……

面對孩子誠摯的眼神，以及熱情的呼喊，我只能不停的哄騙著：

「好、好、好，我一定帶回來給你們……」

這是善意的欺騙，我真的不想出外偷東西。原來在豐年祭中，村民可以向即將出征的少年，預訂想獲得的禮品，如此可讓進行少年禮的少年有奮鬥目標，不致覺得七天的日子漫長、無聊，而「下訂」的村民，則能輕鬆愉快的拿到禮品。

這真是個「皆大歡喜」、「兩全其美」的好傳統！

我苦著臉的假裝答應那群孩子，他們高興的請我喝口思樂冰，在逗他們開心的當中，幾位大人也鬼鬼祟祟靠過來。

領頭的是秀娥姨婆，一向大方的她，此時竟有些扭扭捏捏的，她貼近我耳邊，小聲說：「我擦臉的保養品用完了，幫我拿一些回來……我要資生堂的……」

我一聽，臉馬上垮下來，就像塗了一層白色的冷霜，但一旁的大人根本看不出我心思，秀娥姨婆一發難，其他人也像孩子般，搶著說——

「我要電暖爐，每到冬天都手冷腳冷的，現在先跟你註文。」

「註文」是客家話，是

「登記」、「預訂」的意思。我看了那位手冷腳冷的老人家一眼，他是種稻的東昌伯，他是長輩，我不能瞪他，只能皺起眉頭望向他……

接下來是阿義叔，他跟我要十個撿骨的陶甕，我聽了只能搖頭，給他一個如殭屍般的木然神情。

再來有人要電漿電視，有人要電視遊戲器，還有人要一頭

牛，以及一隻老實又不膽怯的幼犬。

我聽了差點哭出來，老實又不膽怯的小狗仔，這要我怎麼挑哇，還有，索討了這麼多東西，這不是要我開一輛卡車載回來嗎？

不過的確有人這麼做過，多年前就有一位參加少年禮的前輩開了一輛卡車回來，結果不熟悉車況，開到田裡去。

最後是開電器行的文健哥，他丟下電子花車上的卡拉ＯＫ設備不管，偷偷溜過來，紅著臉與我說：「幫我偷鎮上一位女孩的心，我……我想向她告白……」

這、這要怎麼偷哇？心要怎麼偷，有人能告訴我嗎？

一聽完，一直壓抑著的怒氣爆發了，管他什麼長輩、禮數，我當場大吼起來：「這麼多東西，要我怎麼帶呀，告訴你們，我要光明正大做

人，不當什麼小偷了，我不要參加少年禮，我要離開這裡！」

說完，我氣呼呼的調頭就走，所有人當場愣住，可是有一人沒被嚇著，他的眼神就如一把銳利的刀，刺向我這裡。

那是舅公，我很確信，在我轉頭走人時，我已察覺那可怖的眼神正射向我。

我離開廣場，走回家裡，我已明白自己該走的路，就在剛剛，我已向大家表明我的立場，我不管什麼傳統，也不管有著苦瓜臉的祖公，在天之靈會如何難過。

我已決定不當小偷，我不想偷任何東西，我再也不要與這傳統有任何掛勾！

悶了好一陣，吼出來的感覺真好！我想回家找爸爸，傍晚他在吳老師面前，也想說這些話。所謂父子連心，我確認他當時那種毅然決然的心境，與我現在相同，所以想找他商量接下來該如何——我們可以一同離開村子，先找曾想收留爸爸的陳芳嬌老師，這想法我琢磨許久，應是可行！

只是爸爸從豐年祭開始，被一些長輩喚去後，就一直沒再出現，真希望他現在已在家中。

我獨自走在舊街路上，耳裡可以聽到廣場傳來的嘈雜聲，大家可能會認為我是一時壓力太大，才如此說的吧！但他們不知，我心意已決，任何人都無法動搖。

短短的老街被黑夜拉得好長，我抬頭一望，前方便利商店的招牌，比自己家昏暗的大門更吸引我，喉頭「咕咚」一聲，我想買點飲料喝，

讓自己心情好一些。

「叮咚！」我於是拐個彎，走進便利商店。

「歡迎光臨！」唯一一位店員面無表情的向我招呼，他的問候沒有感情，但我不該怪他，因為他是不情不願的被舅公請來的。

我很快在飲料架拿了一瓶名為「茶王」的茶飲料，原本有氣無力、要死不活的店員突然在櫃台大喊：「買好國民便當配茶王，可以省十元！」

「我幹麼買好國民便當！」我心裡咒罵了一句。但我不該如此回罵，這位店員只是在盡自己職責而已，可能他心情也很不好，但他真的算盡責的了。

我走到櫃台，不用舅公偷來的icash，只用爸爸給的零用錢結帳，然後跟店員說：「我不想吃好國民便當，我不是好國民，你知道嗎，我差點就成了小偷！」

說完，帶著一點惆悵，及一點「壯士一去兮不復返」的感慨轉身。

「叮咚！」店門又為我開，我向外一望，嚇了一跳，幾位村裡的長輩在門口堵住我，領頭的舅公一見我走出來，馬上拉住我說：「你爸爸發生事情……」

見我一時意會不過來，他又補一句：「你爸爸快不行了！」

8.
帝王補心丹

我心中一震，手上的茶王跌落到地上。記得幾年前，我幼稚園放學回到村子，村裡的長輩也曾這樣拉住我，對我說過類似的話，後來，媽媽就去世了。

那時我年紀還小，但當時的情景永遠銘刻在心。

我害怕歷史重演！管他是舅公還是誰，我當場對他嘶吼：「你說我爸爸快不行了，那是什麼意思？快說——」

說完，眼眶已有淚水在滾動。

「趕快回家去！」淚眼朦朧中，也不知是誰，如此聲聲催促著。

一到家，果然見到爸爸雙眼緊閉的躺在床上，一旁則有幾位長輩陪伴著。

「我爸爸他……」我帶著哭聲問，自媽媽去世後，我和爸爸很少提起她，但我知道我們兩人一直想念她，所以我不想再失去爸爸，不想再承受多思念一人的痛苦。

「你爸爸突然心臟出了狀況，就這樣倒了下來。」說話的是中藥店的阿坤伯，他雖不是醫生，但村裡有人生病，都會去找他醫治，他的祖傳醫術是值得信賴的。

「醫得好嗎……」我顫著音問。

「我剛剛為他把脈，發現他雖然外表看似強健，但這幾年可能是過

於勞心思慮，結果導致心脾兩虛，肝胃不和，在氣血兩虧，久疾攻心之下，最後整個人支撐不住，倒了下來。」阿坤伯搖著頭說。

我聽不懂阿坤伯在說什麼，我只能說：「知道他生什麼病，那就趕快救他呀！」

阿坤伯看向我，有些話他想忍住不說，但在我眼神逼視下，他嘆了口氣，說：「久疾沉痾，若早幾年來醫，我還有把握，但現在……沒救了……」

「什麼沒救了！」我大吼：「這邊沒得醫，那就快將我爸爸送到鎮上醫啊！」

「唉……」阿坤伯說：「他們也沒法醫，鎮上最好的是協合醫院，他們會將你爸轉送到台中榮總，台中榮總又會將你爸送到台北的台大，最後台大醫院會……」

說到這兒，他就停住了，我趕緊逼問：「會怎麼樣？會怎麼樣呢？」

「最後台大醫院，」開棺木店的阿義叔不知何時進到屋內，他在一旁接腔：「又會將你爸送到我這裡來……」

「送到你那裡做什麼？」我喊：「你那裡是棺材店，你又不會醫人！」

「送來我這裡，」像怕傷到我，阿義叔小聲說：「量身材，買棺材……」

「我不要——」我終於放聲大哭，雙手緊緊握住爸爸厚實的大手，現場所有大人聽了，全都在那裡搖頭嘆息。

過了許久，可能是見我可憐，阿坤伯突然開口：「我不知道這樣說對不對。」

我稍稍止住哭聲，望向他。

阿坤伯看了看舅公，再勉為其難的對我說：「我不該給你這一絲渺茫機會……」

「什麼機會！」我怪阿坤伯這麼說，即使只有千萬分之一的機會，也該說出。

「如果在二十四時內，」阿坤伯小心翼翼的說：「餵你爸吃下一顆『帝王補心丹』，就像下猛藥般，立即提振他的心臟，他就有可能甦醒，到時就有機會醫治了。」

「那就快餵給他吃呀！」我天真的喊，也不管那是什麼藥。

在場大人聽了噤聲不語，阿坤伯看了看大家後，又開口：「帝王補心丹由虎骨、熊膽等數十種藥材合製而成，其中大部分都是瀕臨絕種動物，現在想要調配已被禁止，一般病院也不能賣，所以要在二十四小時找到帝王補心丹，難如上青天。」

我瞪視阿坤伯，好不容易燃起的希望，又要落空，我的淚水又在眼眶滾動了。

難過到極點，正準備放聲大哭，沒想到阿坤伯臨時插入一句：「不過我知道鎮上『清榮中醫診所』的『傅仙』有一顆。」

傅仙是指清榮診所裡的老醫師，他姓傅，長得仙風道骨，所以被人稱作傅仙。

阿坤伯一提出，所有大人都一齊點頭，缺了門牙，講話漏風的阿門

叔公開口了：「我們老一輩的人都知道，他在幾十年前調製了幾顆帝王補心丹，那救命藥很貴的，你看傳仙在鎮上有好幾棟樓，為什麼？因為他一顆藥就賣一棟樓的價錢呀！」

「他不太有良心，我們學醫的不該這樣賺病人錢。」阿坤伯感慨著。

「還是要去買啊！」我激動的喊：「那把我家，以及山上的果園全賣掉，去跟他買

啊！」我才不管那麼多，能有藥醫，說什麼也要把它買回來。

「他不賣了。」阿南叔公摸摸他的山羊鬍說，兩顆飯粒依舊沾黏在他鬍子上。

「為什麼？」我問。

「他自己要保命用，」阿南叔公嘆了口氣，補充說明：「樓房再多，也要有命、有福去享，所以最後一顆帝王補心丹傳仙要留給自己用，這十餘年來不斷有人求他，但他鐵石心腸，堅持不賣。」

「那怎麼辦？」我又發出淒厲的喊聲，看爸爸雙眼緊閉，我的心真的好痛。

「只有用偷的！」一直不開口的舅公突然說話。

「用偷的？」一顆神奇燈泡，忽地閃現在我混沌不明的腦袋中，我

委靡的精神為之一振。

「對！」舅公字字句句清清楚楚的說：「你是兒子，有責任要去為父親尋藥。」

「好，那我馬上去！」說完，我又捏了一次爸爸的手心，像做了個許諾，然後奪門而出。

「等等我——」關心我的阿凱表哥在門外探聽許久，他一把拉住我，說：「我跟你一起去！」

「謝謝你……」我感動的答應，正準備跨上他的自行車，就聽到屋裡的阿坤伯再次叮嚀：「二十四小時之內就要取回丹藥，最好是明日傍晚前就拿回。」

「沒問題——」我大聲允諾，像慷慨赴義的烈士。

9. 黑夜怪客

我和阿凱表哥來到鎮上的清榮中醫診所時，醫院還在營業。

這是一間怪異的診所，看它寫在門邊的標語就可得知——

左邊寫的是：沒健保，要自費。

右邊寫的是：不刷卡，給現金。

上方還有一幅橫的，寫著：看病給錢，天經地義。

綜合所有標語的意思，就是裡頭的醫生很愛錢，愛到只收看得到、摸得到的鈔票。

因為診所燈火通明，阿凱表哥建議等診所關門後再行事，但我牽住他，直往醫院裡闖。

進到診療室，就見到一位頭髮花白，身材清瘦，如神仙般飄逸脫俗的老醫生。

他就是大人口中的「傅仙」，我第一眼見到，就心生好感，但他一開口，卻令我們傻眼。

「有沒有帶錢？」他認真的強調：「看病一定要帶錢，沒錢不能看病！」

我眉頭一皺，與阿凱表哥互看一眼後，才對他說：「有沒有賣帝王補心丹？」

老醫生一愣，接著回答：「沒有！」

無需再延伸下一句，我立即俐落的拖著阿凱表哥離開現場。

「你幹麼走進又走出的？」在診所對面的小公園裡，阿凱表哥抱怨著。

他說：「憑我們倆的本事，鎮上有哪一樣東西我們偷不到的。」

「要偷遍全鎮，得花多少時間？」我反問，「我只要走進一趟，花幾秒時間與醫生對看，就知道帝王補心丹放在哪裡，何樂而不為？」

「你知道藥放在哪裡了嗎？」表哥驚訝的問：「你怎麼知道的？」

「就放在他診療室，一幅掛圖後的保險櫃中，」我慢條斯理的解釋：「我剛剛一問，他眼珠稍稍往掛圖一瞄，我就知道東西放在那裡。」

「哇！」阿凱以充滿崇敬的聲音，大大誇讚我：「你真是天生的神偷！」

表哥這一聲讚美卻讓我氣勢軟弱下來。

「我原本不想當小偷的……」我有氣無力的說。

「你是說真的，還是假的，」阿凱表哥天真的問：「你剛剛在廣場大喊不當小偷時，我們都以為你是開玩笑的。」

「怎麼會是開玩笑，」我說：「小偷就如過街老鼠，人人喊打！你難道不清楚，當別人一知道你是小偷時，那種鄙夷的眼神，是多麼的──」

「我知道！」阿凱打斷我的話，以沉靜的語氣說：「那種感覺我知道，我每次下手時，都好怕被人抓到，都好怕別人知道我是小偷……」

我點點頭，以溫暖的目光安慰他。

「有一次，班上同學的參考書錢掉了，結果老師、同學誤認是我偷的，他們那種口氣及眼神，讓我……」阿凱表哥整張臉像酸梅乾一樣的皺了起來，我發現那苦澀的表情與祖公很像。

「錢是不是你偷的？」我問。

「不是，」表哥說：「最後真相大白，可是那種被人看不起的感覺，讓我難過好久……」

「我們不應該當小偷的。」我說。

「其實我也不想……可是沒辦法呀……」阿凱表哥說。

「有辦法。」我口氣堅定的說。

阿凱表哥轉頭看我。

「可是現在沒辦法了……」看著診所裡的燈一盞一盞的熄滅，我嘆了口氣說。

診所關門後，還不能馬上下手，得等到深夜二至三點，主人睡熟時，才適合行動，我們從小就被訓練出要有好耐性。

因為無聊，阿凱表哥靠在我肩頭睡著，幾個小時前，我曾豪氣干雲的告訴鄉親們我不當小偷，但就在十二歲生日當天，我仍得和其他人一般，當起小偷。

我是不得已的——我不知道當起小偷的大埔村民，有幾個是不得已的。

二點剛過，我搖起表哥。

「要開始行動了。」我小聲說，正想起身，忽然一個黑影從遠處閃過，讓我心生警覺。

那黑影不是流浪狗，流浪狗的行徑沒有那麼詭祕。

也不是冤死的孤魂野鬼，鬼魂的形跡並沒有那麼滯鬱——爸爸曾在深夜帶我到公墓接受膽試訓練，我見到的鬼火都是飄忽不定的。

說不定是同行！才剛想到這點，紅、藍旋轉燈突然在街口閃爍起，一輛巡邏警車緩緩駛近。

「別出聲。」我警告表哥，眼睛盯著警察的一舉一動。

警車慢慢駛向我們前方，最後停在清榮診所前，兩位警員下車，在診所四周察看了好一會兒後，才由其中一位向對講機回報無異狀。

「一定有人報警，說診所遭小偷。」我與表哥說，聲音壓得低低。我們無須逃跑，經多年訓練，即使警察望向我們，也會把我們錯看成是公園的樹影或石像。

「怎麼辦？」阿凱表哥問我。

「繼續睡。」我說。

過了一小時，快接近三點時，我又把表哥喚醒，表哥才一伸頭，那個神祕黑影又從我眼前晃過，他很隱匿，但我的眼睛已如紅外線般敏銳，我確定有人經過。

「不要動，再繼續睡。」我輕輕說。

「我睡飽了，不想假裝自己是公園的雕像了。」阿凱表哥說。

「那你假裝自己是路燈好了。」

阿凱表哥立即站起身，靠在一根路燈旁，整整一小時的時間，他動也不動的搜尋那怪異的黑影，只可惜遍尋不著。

四點鐘，是最後的時機，再過不久，一些睡不多的老人，會出來運動。

我領著阿凱表哥走過公園小徑，那黑影已成我們心中的負擔，但他並沒有再出現，確認四周淨空後，我們躡手躡腳來到診所側面的小巷。

我在公園觀察了一晚，那裡有一扇小窗，我準備利用拾來的木棍將鐵窗撬開，只要十五公分的空隙，我就可以趁隙鑽入。別為我吃驚，即使身材如楊貴妃般豐滿的秀娥姨婆，她也只要這麼大的縫隙——祖公規定的尺寸就只有這麼多。

我咬起下唇，拿起木棍，正要使勁時，忽然有人從背後輕拍了我們一下！

「啪、啪」兩聲，我全身一顫，耳裡嗡嗡嗡的，像被高壓電電擊了一般。

真該死！我咒罵一句，竟沒發覺有人靠近，我這樣學藝不精，形跡

診
診所
BANK

敗露，哪有資格為父拿藥，為父出征呢？

我回頭一瞧，只見一位黑衣人站在身後——他就是三番兩次，出來嚇唬我們的黑影人。

但再仔細一看，原來那黑影人是爸爸！

10. 再回大埔村

「爸……」我聲音發顫，我怕見到的是鬼魂，我怕爸爸已經……

「別緊張，是我！」爸爸帶著笑意，安慰我。

我鼓足勇氣，捏了他一下，是爸爸沒錯，而且是活的！

「爸——」我激動的大喊一聲，然後——

「嘰嘰——」的拉窗戶聲響起，傅仙老醫生的聲音自樓上傳來。

「是誰的爸爸病了？」他大喊，聲音並沒有不悅，「有沒有帶錢？錢帶夠才能看病！」他又喊。

我不想理睬他，於是拉著爸爸走到小公園裡，經爸爸的解釋後，才知道原來這一切都是舅公的計謀。

舅公在傍晚聽見我與爸爸、吳老師的談話，已知道我們父子倆的心意，晚上便刻意將我們父子分開。

沒想到在孤立無援的情況下，我竟孤注一擲的向所有鄉親表明不想當小偷了。

為了不讓我得逞，舅公又與村中長輩商量，由阿坤伯下藥迷昏爸爸，接著所有老人家在舅公執導下，開始扮戲，目的是誘騙我到鎮上偷取「帝王補心丹」。

「這是舅公為你精心設計的『少年禮』——他聽到你不參加少年禮後，於是利用親情要脅你參與。」爸爸說：「當小偷最難的就是第一

次，只要偷上一次，要讓你再偷上第二次，就容易了！」

「太可怕了……」我背脊一涼，真覺得舅公算計太深。

「那你怎能跑來這裡？又怎麼知道他們的計謀？」阿凱表哥疑惑的問，憨直的他，被長輩精湛的演技矇騙，他也算是受害者之一。

「藥行的阿坤還算有良心，藥下得不深，加上我身體強健，小杰出門後不久，我甦醒過來，但我故意閉眼欺騙他們，聽到現場的談論後，才清楚他們的計謀。」

「你逃出來之後，為什麼不直接找我們，」我接著問：「反而在那裡裝神弄鬼，甚至打電話報警？」這一點也讓我疑惑。

「訓練你這麼多年，總要試試你在外的身手如何——你的警覺心、觀察力都不錯，有滿分的實力，現在只差在臨場經驗還不夠！」爸爸頑皮的笑了一下，說：「不過我不會讓你當起小偷，所以最後一刻拍了你的背。」

我臉紅了起來，最後撬鐵窗時是有些緊張，所以才一時不察，讓爸爸靠近。

不過也幸好爸爸攔住我，不讓我當上小偷，好險！

「那接下來呢，該怎麼辦？我們好像不能回大埔村了。」我說。

「去找陳芳嬌老師幫忙！」爸爸愉悅的說，果然是父子連心，跟我想的一樣，我們父子倆有困難時，總會去找最關心我們的老師。

在街頭吃過早餐後，爸爸憑印象按起陳老師家的電鈴，果然她一見我們到來，是又驚訝又感動。

但更讓我驚喜的是，為照顧罹患關節炎，行動不便的媽媽，吳美香老師每晚都住在這裡——在最無助的時候，能見到疼愛自己的老師，我真覺得自己好幸福。

「你們可以把這裡當成自己家，」陳老師年紀雖大，但個性豪爽，「隨你們住多久，反正我孩子都搬出去了，空房間很多。」她熱情的說。

「太棒了！」爸爸高興的拍拍手，我發現自從來陳老師家後，爸爸就變得像小孩子一樣容易激動。

「我可以幫忙照顧老師。」爸爸興奮的拿出珍藏數十年的舊國語課本，靠向陳老師說：「我後來沒上學後，有兩課國語沒有上到，老師可不可以幫我上完？我最喜歡上陳老師的國語課了，謝謝老師——」

爸爸竟向老師撒嬌起來，實在噁心！不過現場氣氛真的既溫馨又和樂，我甚至想打開窗，對街上大呼：不當小偷的感覺真好！

只是眼前有個問題還未解決。

「喂！你們都那麼開心，那我怎麼辦？」阿凱表哥在一旁垮著臉說：「我也不想回去當小偷，可是她們

不是我的老師，我跟她們不熟，不想住她們家……」他指指眼前兩位女老師說。

「我也不想住我老師家，我的老師又兇又嚴格——那我怎麼辦？我的爸媽還在村子裡，我不能不回去呀！」表哥兩手一攤，不知如何是好。

「小杰，你可以帶阿凱回去，順道教導那些村民不要再當小偷，」爸爸說：「除了舅公外，村裡的人大都知道當小偷是不對的——你就以自己為例子，引導大家說出心裡想說的，做出心裡想做的……當個勇敢的孩子，回去吧！」

這、這麼艱難的任務，當爸爸的怎可推到兒子頭上，我立

即回嘴：「你也可以當個勇敢的爸爸，去幫忙那些村民啊！」

「我要上國語吔！」爸爸又嗲聲嗲氣起來，「你老師沒告訴過你，不能隨便逃學、蹺課嗎？」

我轉頭看看吳美香老師，她臉帶笑意的向我鼓勵著。這麼勇敢、果決，具有超人般意志的吳老師，她當然贊同我回大埔村，當起救苦救難的觀世音菩薩。

我又看看苦著臉的阿凱表哥，表哥昨晚那麼掏心掏肺的幫助我，我若不回去點醒大家，改天他又會奉長輩之命，出來偷東西，那他好不容易浮現出的佛心、善意，又將沉淪下去……

一咬牙——好，我答應回大埔村！

就偉大一點，將自己當成是一葦渡江的達摩祖師吧，反正如果不成

功，我一樣可以再渡江逃回這裡。

「回去後，先到祖公廟，將鎖在保險櫃中的祖公簿翻給大家看，會有幫助的！」見到我們準備出門，爸爸好意叮嚀起。

為什麼要翻看祖公簿？爸爸卻又不提，因為他又開始撒起嬌，要陳老師講解「完璧歸趙」這一課課文了。

我們騎著吳老師借給我們的淑女腳踏車回村子，阿凱表哥說他不想再當小偷，所以偷來的變速腳踏車將歸還主人，不好意思再用。

出發前，吳老師告訴我，如果我回不來，她會開車帶著爸爸及她媽媽，以及另一位神祕貴賓到大埔村要人。

但我並不擔心，經多年的訓練，相信大埔村應該關不住我了。

一到外頭，我再次問起阿凱表哥，祖公簿裡到底寫了什麼東西？阿凱表哥也說不出個所以然：「就那些東西啊……要人努力偷東西的。」

聽起來很平常，但為何爸爸會要我回去先翻看祖公簿呢？實在令人費疑猜。

因為淑女自行車不夠剽悍，我們花了三十分鐘，才騎回大埔村。

一夜喧鬧後，大埔村是一片寧靜、祥和，只是靜得出奇、詭異，靜得連蟲鳴鳥叫都聽不到——是昨夜太過狂歡，所以所有一切都還未恢復正常嗎？

沒人回答我的提問，從進村子開始，我們見不到一個人影，一直到

我們踏入祖公廟，一切都還是悄然無聲。

「祖公簿就放在牆角的保險櫃中。」阿凱表哥說。

那是一個古早的保險櫃，應是從日本時代傳下來的，它製作精密，但對我來說，不難開啟，我還在斟酌爸爸給我的囑咐時，表哥已「喀」一聲，將它打開。

「為了你，我今日擅自將祖公簿拿出，但我是認真、嚴肅的，相信祖先會原諒我。」表哥正經的說：「通過少年禮後，在老人家見證下，我打開保險櫃，拿出祖公親筆寫的祖公簿朗讀。」

表哥從保險櫃中取出一本略嫌陳舊的簿冊，上頭用毛筆書寫「祖公簿」三個字，他翻開第一頁，即朗誦起——

「黎明即起，灑掃庭除，要內外整潔；既昏便息，關鎖門戶，必親自檢點。一粥一飯，當思來處不易；半絲半縷，恆念物力維艱……」

我心中打了個突，總覺得這不是祖公留傳下來的字句。

「第一次讀時，很多地方不懂，得靠舅公解說，才了解其中含義。因為讀時很感動、很激動，我幾乎將舅公的解釋全記住了。」表哥正正神色，說：「這一段的意思是：偷盜技巧從一起床就要開始練習，不管是技巧式的內功，或是攀爬、遁逃式的外功，都不可偏廢，一直要練到黃昏太陽下山，才可以停息。」

我「唔」一聲，心裡覺得好笑，可是表哥仍認真解釋下去——

「對於各種開鎖技巧，一定要勤加學習，因為不管男女老幼都有上鎖的習慣，所以破解方法一定要會。」

我突然眼睛瞪大——只有具偷盜天賦，以及心底澄清，堅持不當小

偷的人，才看得清祖公簿封底有一行小字怪怪的。

「對於偷來的東西，不管是多麼細小，都不可揮霍，」阿凱表哥又念著：「要想它們得來不易，更要隨時謹記，祖先百年前遇上天災時，那種艱難……」

說到這裡，表哥已是一臉滿足，但我已認定這本祖公簿不倫不類。

「雖然知道偷竊不對，但讀到祖公教誨時，心中還是滿滿感動……」表哥說。

然後由滿足，更轉而變成嚮往，阿凱表哥臉露欣羨的神情，說：

「如果能像祖公那樣，成為為鄉里造福的義賊，那是件多麼浪漫的事……」

什麼義賊，胡說八道！我心裡有個聲音說。

而且當小偷被人追著喊打時，只能說灰頭土臉，哪能稱得上浪漫！

我決定潑阿凱表哥一盆冷水，不，是一大缸冰水！

「這本祖公簿不是祖公留傳下來的東西！」我面無表情的說。

「為什麼？」表哥一臉驚駭，就像突然有人說他不是地球人一般。

表哥知道我從不惡意騙人。

「祖公簿封底有一行字，寫著：東光紙業印製，中正路十五號。」

我說。

「那又怎麼樣？」表哥還是一頭霧水。

「日本時代哪有什麼中正路。『中正』是指老總統蔣中正先生，日本人後來還與他打仗，所以絕不會將路名取成『中正』來紀念他……」

阿凱表哥露出困惑的神情，我不忍傷他心，但更不忍他繼續盲從下

去。

「祖公是在日本時代去世的，」我繼續說：「而祖公簿是日本時代結束後才印製的，所以簿裡的字句，不是祖公親筆寫的，很有可能是後人捏造的。」

「這，這……」表哥露出如祖公般愁苦表情，他難過的說：「祖公簿是假的？是，是誰這麼壞心，假造祖公簿來騙我們呢？」

「還有誰！」廟外傳來一句氣憤填膺的回話，有點「漏風」，但充滿正義感。

「都是你舅公搞的！」那聲音是如此氣憤，我聽了心中一震，一看，是阿門叔公。怎麼好脾氣的他，此時變得氣極敗壞的，是因為我的緣故嗎？

11. 祖公簿

我和阿凱表哥向外望，只見村中的長者，一個個如鬼魅般的出現在祖公廟前，他們來無影，去無蹤，因為道行高，走起路來都像用飄的。

不過比鬼魅更嚇人的是，他們臉上都帶著詭異的外傷，有人鼻青臉腫，有人嘴歪眼斜，秀娥和阿佐姨婆甚至還哼哼唧唧的互相攙扶著進來。

見鬼了！是誰那麼沒良心，將這些風燭殘年的老人痛毆一頓的？

我心中忐忑，一方面擔心他們傷勢，一方面又怕老人家藉機痛責我

破壞傳統。

老人家走進祖公廟後，年輕的一輩才敢魚貫進入。

除了在鎮上蔡外科醫院當護士的桂春表姐，忙著為那些老人擦外傷藥外，所有年輕人都離那些長輩至少十步遠，戒慎惶恐的模樣，就像遇見天神在發威。

開電器行的文健哥偷偷摸摸靠到我身邊。

「你哪時回來的？」他不安的說：「慘了，老人家為了你，吵了一整晚，我們年輕的因為玩得瘋狂，先回家睡，沒想到清晨時，那些老人竟相約到後山決鬥。」

「決鬥？」我驚訝的說：「為什麼決鬥？」

「還不是為了你，」文健哥像怕老人家聽見，畏畏縮縮的說：「你爸昨晚逃跑後，所有老人又難過又生氣，於是開始責備舅公，說他冥頑不靈，自以為是……」

「為了我？難過？」我困惑著，「他們為什麼難過？」我問。

「他們開始覺得對不起你及你爸，覺得不該逼迫你們父子倆當小偷。」

「原來如此……」我低吟著：「可是為了我們責備舅公，那舅公不是更……」

「沒錯，」文健哥和我都很了解舅公的脾氣，他說：「他會更生氣，雙方吵了一晚沒結果，於是清晨相招到後山決鬥，還請我們這些後輩當見證。」

「那麼多人打舅公一個，那場面不是很——」我驚駭的說。

祖公廟
福

「對……」文健哥點點頭說：「很好笑，那些老人年紀大了，打起架來像在演慢動作的默劇，一點都不刺激，只是他們太老、太脆弱，輕輕一碰就受傷了……」

最後一位進到祖公廟的是舅公，文健哥一見他的身影，就閉口不敢再說。

此時的舅公步履蹣跚，還鼻塌嘴歪，溫柔嫺淑的桂春姐趕快上去扶持，只是他依舊氣呼呼的。

「都是你這個舅公在搞鬼！」阿門叔公在我面前，大聲控訴舅公，我這才發現，他講話更漏風，他牙齒又多掉了一顆！

「我哪有亂搞！」傷痕累累的舅公，依舊中氣十足，「我照傳統在行事，我哪裡錯了？」他喊。

「傳統不合時宜就要改呀！」阿門叔公對著大家說，「漏風」的感覺，讓他顯得更和善：「大家想想看，哪有少年禮是叫人出去偷東西的，反而是小杰與他爸爸，能從錯誤的傳統中，獲得省悟，不盲從，那才是從少年禮中得到的成長！」

阿門叔公頂起拇指誇獎我，讓我整張臉都熱起來。

但舅公不退讓，他又說：「我只是將祖公教給我們的東西傳承下去，沒有傳承，就沒有我們現在的大埔村，我沒有錯，你們人多欺負我人少，那才是沒道德！」舅公雖然生氣，但臉上被桂春姐塗上藥水後，青一片紅一片的，看起來很可愛。

「我們以後不會再聽你的！」秀娥姨婆在一旁說：「如果再繼續聽你的，一些勇敢的孩子都會逃光光——就像小杰和他爸一樣。小杰，你是對的，我們錯了，從今以後，沒人會再逼你當小偷……」

「我不管！你們違背祖公意旨，你們才是欺師滅祖！」舅公執拗著。

似乎吵了一晚都是這些老掉牙的內容，我見到有些年輕人已在打哈欠。

但老人家就是這麼堅持，見舅公不屈服，阿南叔公開始低吼起：「自己假造祖公簿，還敢在那裡開口閉口說祖公的意旨……」聽說以前叔公拍電影時，脾氣相當火爆，我好像今天就能見識到了。

阿南叔公的鬍子已被扯掉一大半，神乎其技的是，鬍子上那兩顆飯粒依舊在。他握緊乾瘦的拳頭，像演英雄電影般，激動的對我說：「小杰，你把真正的祖公簿拿出來給大家看！剛剛打得不分勝負，所以我們

來祖公廟，請祖公評評理……」

「祖公簿？」我愣了一下，心想我怎麼知道真正的祖公簿藏在哪裡？

不過我了解阿南叔公在測試我、考驗我，要我在舅公面前給他下馬威。

這是他對我的信任。

我以眼角餘光掃視祖公廟一遍，這地方我熟悉得不能再熟悉，如果真有祖公簿，那會藏在哪裡？

舅公輕蔑的看向牆上的老照片——祖公簿不可能藏在那兒，老謀深算的他，絕不可能洩露任何蛛絲馬跡給我。

有沒有可能藏在供桌下？

也不可能，從小到大我不知在那兒鑽進鑽出多少次，我在桌底下畫了一條小狗，到現在都沒人發現！

那祖公神像後面呢？

香爐裡呢？

柱子及橫梁上呢？

……

都沒可能！祖公廟的每個角落，我都摸過、爬過，只有從小被長輩禁止觸摸的保險櫃，我不曾動過。

廟裡很靜，大家屏息看我表現。年長的一輩可能已知道真正的祖公簿放在哪裡，年輕的一輩因為第一次聽到這天大的祕密，個個露出期盼又好奇的神情。

這本祖公簿一定很重要，否則爸爸也不會在臨行前，特別叮嚀我。

只是要從哪裡找起呢？

我可以一寸一寸的搜查，像獵犬般的東聞聞西嗅嗅，這是最萬無一失的方法，但那模樣一定很糗，也會讓舅公對我嗤之以鼻。

要有震懾全場的戲劇效果，機會只有一次，頃刻間，我思緒轉換千百次——別無他法，只有像賭徒般的孤注一擲了！我轉頭看向保險櫃，那是廟裡最該懷疑的地方。

保險櫃外殼厚度達十公分，是個相當堅固，幾乎牢不可破的保險箱，奇特的是，它體積並不小，有半個大人高，但開啟後，其中的空間小了些許……

要學過數學體積這一單元，要有透視圖的概念，更重要的，要懂得活用課本內的知識，才知道我的疑惑點在哪裡。

如果要我直接說出答案，那就是，保險櫃裡有隱藏的夾層，如此才會讓藏納的空間看起來少了！

我彎下腰，瞥見舅公右眼的眉毛跳動了一下，他那細微的反應讓我更具信心。

我不停的在櫃子裡摸索，果然不一會兒功夫，就摸到一個暗鈕，輕扣一下，「喀」一小聲，我在保險櫃中摸出了一本更陳舊、更破爛的祖公簿！

「這才是真正的祖公簿！」阿南叔公大喊，他見我達成任務，臉龐都亮起來，只剩一半的山羊鬍不停的抖動，此時廟裡一片譁然，雖然囂鬧，但無長輩出面制止，最愛叨念的舅公則緊閉雙唇，臉色鐵青。

在阿南叔公示意下，我隨意翻開一頁，定睛一瞧——真嚇死人了！一整面密密麻麻，如螞蟻般的爬滿「我不該盜竊他人財物」的字句。我估略算一下，一面兩頁，至少一百句以上。

這不是吳美香老師，在我們犯錯時最常用的罰寫招術嗎？我心想。

再翻到下一頁，依舊同樣的內容。

阿南叔公將祖公簿從我手中取走，展示給大家看，他說：「每次祖公竊人財物後，總是深感不安，於是自行懺悔，在簿子上罰寫——每次一寫，就是數百句，或是上千句，這才是真正祖公簿的內容！」

阿南叔公還問：「你們看，有些字跡還暈開了，知道為什麼嗎？」

「我知道！」秀娥姨婆馬上舉手回答：「那是淚水滴落在簿上造成的。」

阿南叔公點點頭，很滿意姨婆的配合，他說：「心裡的愧疚實在太深，祖公有時會難過到，一邊罰寫，一邊掉淚——祖公其實是個不喜歡偷人財物的小偷！」

聽到這，一股莫名的惆悵起，我仰看百年前祖公的相片，他的眼神憂鬱，面容愁苦……經過這麼多的轉折，我終能體會他的心境……

「祖公……」我在心底說：「我知道你想對我說什麼了……我會照您真正旨意，盡心盡力去做的……」

我像個拈花微笑的信徒，帶著笑意與祖公對望，在我「得道」的同時，阿南叔公則像富豪般的，不斷自保險櫃中拿出更多的鈔票，喔！不，是祖公簿，吆喝著：「這裡還有更多祖公的『罰寫簿』，你們拿去看。」

叔公一時亢奮，將祖公簿說成「罰寫簿」，他的舉動讓現場稍稍失控了些，大夥兒全在祖公廟裡搶成一團。

祖公誠心的懺悔，如漪漣般，一圈圈的激盪在場每一人。

有人一翻祖公簿，立即賊賊的笑起：「這果然像是老師要我們罰寫的簿子！」

有人則感慨：「原來祖公也是跟我一樣，心底覺得愧疚……」

不過更多人想問，為何之前不讓他們見到「真正」的祖公簿！

沒人敢真的開口質問，但大家都知道，癥結點在舅公那裡。

12. 舅公的堅持

知道大家暗地裡指他，矜持了一陣，急躁的舅公終於按捺不住，他氣呼呼的對大家吼：「祖公帶著村人偷東西，這是事實，為了維護傳統，延續祖公留傳下來的『手藝』，我必須做一本比較『像樣』的祖公簿，讓子孫謹記訓示！」

「可是，」一直待在舅公身旁照料的桂春姐說話了，她用溫柔的雙眸看向舅公說：「祖公並不喜歡當小偷，他可能也不樂意見到後代子孫是小偷，這也是為什麼祖公千交代萬叮嚀，一定要和外人強調，我們絕

不是小偷的緣故吧……」

一向不多話的桂春姐，托起和善的臉龐，為大家說了一個故事：

「我小時因為嘴饞，在村外偷了一瓶養樂多……」

桂春姐看向大家，所有人都帶著笑意對她輕點頭，表示大家都曾如此荒唐過。

「可是自那之後，我一直覺得良心不安，」桂春姐蹙眉說：「長大後，我匿名寄了一千元給那店家老板，卻還是沒法彌補我心中一直留存的罪惡感……」

桂春姐又看向大家，所有人又很用力的不停點頭，表示理解。

「所以，我真的不想當小偷……就和祖公一樣。」桂春姐靜靜說出她的想法。

這是一直深藏在桂春姐心中的祕密，她的分享讓大家更敞開胸懷。

「我也不想當小偷，」阿南叔公不好意思的說：「我那些偷來的攝影器材，最後是分期付款按月還給電影公司的，我不曾向你們提起，還請大家見諒……」

「我也不想當，」秀娥姨婆說：「每次到鎮上賣菜，我都不敢抬頭見人，都不敢向人提起，我賣的菜是來自好山好水的大埔村。」

「我也是！」電器行的文健哥，難過的說：「我喜歡鎮上的一個女孩，卻一直不敢向她表白，因為怕她知道我是小偷……」

「原來大家心裡想的都一樣……」阿佐姨婆說：「可是我們卻被傳統，以及少數不懷好意的人士束縛，因此從小立志當小偷，唉，我們真是一群可憐蟲……」

阿佐姨婆明白的點出大家的心聲，因勢利導下，一向少在眾人面前說話的阿凱表哥，此時竟激動的叫著：「我不想當小偷！我要和小杰一樣，勇敢的拒當小偷！」

熱情於是蔓延，有人這邊跟著喊：「對！我們不是小偷！」有人那邊跟著喚：「對！我們要學小杰，不當小偷！」最後所有人同聲一氣的狂吼：「我們不想當小偷！我們不是小偷！」

大夥喊得面紅耳赤，熱血沸騰，但有個聲音，卻突然壓過大家——「我要當小偷！」舅公用盡氣力的大叫，一張老臉如河豚般的鼓脹起來，眾人被他這麼一吼，嚇得全愣住。

「哼！想不當小偷，沒那麼容易……」舅公說：「你們以為喊了這幾句，真的就能不當小偷？想不當小偷，得先過我這關……」

舅公開始發出「嘿嘿嘿」的怪笑聲，原本鼓成河豚般的可笑圓臉，這時竟扭曲、猙獰起來，我想到閻王廟裡的牛頭馬面——不！恐怕牛頭馬面也不及他兇惡！

「別以為我就只有這般能耐，我還有祕密武器！」舅公的聲調變得陰陽怪氣的：「敢不當小偷的人，看我如何整治你們……嘿嘿嘿……」

怪異的笑聲飄蕩在廟裡，讓人聽了背脊

一涼，止不住的打起寒顫。

如同電玩中最後現身的大魔王，我感受到舅公的力量變得強大起來，我不確定真的能戰勝他，因為最後的魔王通常是力量最強，最陰險狡詐的……我神經兮兮的察看祖公廟四周，彷彿廟中的一磚一瓦，都成了舅公偷襲我們的祕密武器！

我們被怪模怪樣的舅公嚇得不知所措，秀娥姨婆卻在這時勇敢的站出來，她放開阿佐姨婆的扶持，一跛一跛的走到舅公後方。

13. 池田老師的道歉

「哎喲——」舅公大叫一聲，就像被施了魔咒般，舅公突然從氣焰高張的魔王，變成一隻夾著尾巴，唉叫連連的老狗。

「什麼祕密武器，什麼過你這關！你怎麼能這樣恐嚇大家，這幾個巴掌是代替媽媽教訓你的！」秀娥姨婆一面咬牙切齒的罵道，一面不停的拍打舅公的後腦勺。

「從小玩到大，你有幾兩重我還不知道？什麼祕密武器，少騙人了！看在親姐弟的份上，才配合你幾十年，現在我都覺得不妥，別人也

說不玩，那就該收手了！」秀娥姨婆不停罵著。

「大姐，別打了，很痛呢！」舅公哀嚎著，姨婆與舅公是感情很好的親姐弟。

「痛！痛就該知道停手，你是痛在腦袋，而別人，是痛在心上呢！」秀娥姨婆看向我說，眼裡滿是歉意。

「我不要——」沒想到舅公仍堅持著，不知他是腦袋疼，還是哪裡難過，他最後竟如小娃娃般，哇啦哇啦的哭出來。

舅公是村中長輩，見他在眾人面前如此老淚縱橫，我於心不忍。事情是由我惹出來的，我有責任去體諒他的難處。

「舅公……」我用極其委婉的語氣說：「大家都不想再當小偷了。」

「……」舅公不想回應。

「當小偷是不對的。」我吸吸鼻子，見到舅公一臉委曲，我也有點想掉淚，我說過，我像連續劇裡的演員，很容易落淚的。

「可是，我就是想偷東西！」舅公虛弱的說。

「為什麼……」我鼓起勇氣問，這是我第一次如此質疑長輩。

「因為，我老師說我是小偷，」舅公咬咬牙說：「所以我這一輩子都是小偷……」

「啊？」哪有人當小偷是為了這原因，這、這叫我如何回應啊？為了勸人不當小偷，我有千百個「改邪歸正」的點子，不管是正當的、理直氣壯的，甚至是取巧的、詭辯的都有，現在舅公的怪理由一出，才發現全派不上用場。

我想請老人家幫忙，卻瞥見阿門叔公搖了搖頭。

大家都束手無策，我們就只能眼睜睜看舅公沉淪下去嗎？

這好山好水的大埔村，我不希望它是偷盜之村，不希望還有一顆老鼠屎——喔，請老天爺原諒我這樣形容舅公——壞了這一村子的好粥……

剛感嘆完，好似我的誠心真的感動天地，一部破舊的小汽車，如聽到我熱切的呼喚，急切的自村外駛來。

它像一顆滾動的小小希望。

只是這希望太小，也太破舊，它「咔啦、咔啦」的發出怪響，讓人不禁掛慮起，這車，哪時會支解？

能讓這麼破爛的車子，行駛得如此風馳電掣，我想只有一人——

是吳美香老師來了！

我高興的想，有老師幫忙，事情一定有轉機！

果然車子一停下來，就見到吳老師與另一位陌生男子從前座鑽出，那男子應該是師丈吧！

「老師！」我開心的叫著，雖然沒生命危險，但我仍高興老師能前來關心。

然後——

「老師！」其他較年長的村民也跟著叫，因為他們見到吳老師的母親——陳芳嬌老師也扶著車身，踏出車外，那些村民小時曾被陳老師教過。

最後——

「老師！」那是舅公的呼喊，大家疑惑的向前望，只見爸爸鑽出車外後，再恭敬的扶出一位年紀很大，比村裡任何老人都還年長的老阿公。

和舅公做對照，那老阿公應該有九十歲以上了吧！

這位陌生的老阿公手拄枴杖，腳穿黑皮鞋，從一身合宜的西裝打扮可以看出，他是個注意禮儀的人。

「老師——」舅公又喊了一次，但這次是用日語說，他從廟裡奔出，好事的我們，也跟著一起奔向前。

舅公怎麼喊他為老師呢？我與其他村民都很好奇。

舅公對著老阿公哇啦哇啦的說起日語，興奮、聒噪的模樣，就像圍在老師身邊的小學生。

我們聽不懂舅公在說什麼，沒想到那位老阿公竟用客家話回應：「在自己的家鄉，就要說家鄉話。」老阿公年紀雖大，但聲音鏗鏘有力。

「是、是……」舅公不停低頭稱是，然後他用客家話，高興的向我們介紹：「他是池田老師，我小學時的老師。他教書認真，為了勸服家中的長輩讓我們上小學，他連我們說的客家話都學會了！老師，你的客家話怎麼還說得這麼好？」

聽了舅公的讚美，池田老師卻連一絲喜悅的表情都沒有，他定定的看著舅公，然後突然的，他向舅公行了九十度鞠躬禮。

為了怕他重心不穩，爸爸及舅公一左一右，連忙扶住池田老師。

「老、老師，」舅公慌了，趕緊問：「您、您是在做什麼？為什麼向我鞠躬！」

「這麼多年來，我在日本不斷練著客家話，為的就是要向你當面道歉！」池田老師鄭重的說，他表情相當嚴肅，我有點怕他待會兒會拿出武士刀什麼的，在我們面前切腹自殺——這樣的情境，就該有這樣的行動，聽人家說，電影裡都是這麼演的。

「為、為什麼……」一聽，舅公更是驚惶，都結巴了。

「這些年來，我心裡一直疚愧著，」池田老師說：「我想跟你道歉，但一直鼓不起勇氣，現在剛好老天爺給我這機會，如果今日再不說，我怕會帶著遺憾而死。」

「池田老師是我們百年校慶週受邀的貴賓，昨晚特地從日本飛來台灣，他是我們新盛國小最資深的老師之一。」吳美香老師趕緊解釋。

「那、那老師要道歉什麼呢？」舅公又結巴著。

「我不該說你是小偷的，」池田老師慚愧的說：「我要跟你道歉。」

「老師……」聽到這，舅公眼眶紅了。

「我知道你們大埔村有不良習俗，為了糾正你，我用最嚴厲的方式，在全班面前說你是小偷……但我不應該用這方法的……」池田老師也跟著紅了眼眶。

「老、老師……」舅公帶著哭聲說：「我……我知道你是為我好……」

「那我道歉後，」池田老師說：「你可不可以幫大家，改正村子不好的習俗……」

看樣子，是爸爸或是老師，告訴過池田老師目前村子裡的情況。

舅公激動著，淚珠不斷自臉頰滑落，許多村民——包括我，也跟著掉淚。

「就算是老師拜託你——」池田老師猛地又要九十度鞠躬，舅公和爸爸趕緊拉住他。

「好，」舅公緊緊拖住池田老師的手臂，不停的說：「好、好……老師，我答應你，我答應你……」

14. 歡迎來到大埔村

舅公的事情就在池田老師的道歉下，圓滿的落幕，舅公也答應不當小偷了。

爸爸說我度過一個有意義的少年禮，他誇我比他年少時還勇敢，還要有見識。

「我數十年前不敢做的事，都由你完成了，你『出師』了，從此之後，你可以獨當一面，為大埔村謀福利了。」爸爸帶著滿意的笑容說。

所以每個週六，我都獨當一面，當起村裡導覽員，為遊客解說美麗的大埔村。

池田老師的道歉事件，後來還有一段小插曲，就在舅公答應不當小偷之後，秀娥姨婆突然神來一筆，向大家抱怨說：「可是不當小偷之後，我們這些用心學成的偷盜技巧，就只能放著不用，很可惜耶！」姨婆覺得利用偷盜技巧捉弄外來客，是平淡生活的調劑，她忘不了那樂趣。

這時吳美香老師的先生，也就是在縣政府觀光局擔任科長的師丈，趕緊跳出來說話：「不用擔心，我已替你們構想好了！」一直在旁伺機而動的他，眉開眼笑的，很高興終於有機會在大家面前說說話。

「什麼構想？快說來聽聽？」阿南叔公好奇的問。

說。

「我在縣府觀光局任職，專門負責縣內各觀光景點的規劃。」師丈說。

「大埔村好山好水，有美麗的鄉間小路可梭巡，又有古色古香的老街可踏查，所以適合規劃『鄉間單車一日遊』的觀光活動。」吳美香老師一旁補充說。

「不過要經過大家的同意及配合，才能順利推展。」師丈說。

「大埔村可利用這機會改變形象，不把握就太可惜了！」吳老師睜大眼說。

「而且，」師丈語帶玄機的說：「這裡還有一個別地方都沒有的特色。」

「如果大家能幫忙，」吳老師眉毛挑起，說：「一定能吸引更多觀光人潮！」

「不知各位有沒有意願？」師丈嘴角上揚，像在等待魚兒上鉤。

「說得不清不楚，到底是什麼東西，」秀娥姨婆按捺不住的喊：「快告訴我們。」

「既然這位女士誠心誠意的發問，」師丈的語氣像在街頭賣膏藥的。

「那我們就誠心誠意為各位道來！」吳老師接下句，她與師丈一搭一唱，兩人似乎早已搭配好。

「這特色與妳之前提到的偷盜技巧有關。」師丈對姨婆說。

「大埔村比其他地方更特別的是——」吳老師清清喉嚨，吊足我們胃口後，才說：「這裡還可規劃成『單車、竊盜一日遊』的觀光活動，

一定很吸引人的！」

「那是什麼東西呀！」阿門叔公張著缺門牙的嘴大喊：「你們夫妻倆好像在演相聲呢！」

「謝謝，」師丈彎腰謙虛的說：「我們兩個以前是大學相聲研究社的成員。」

「謝謝！」吳老師說：「他是副社長，我是社長。」

師丈的規劃相當完美，再加上吳老師三寸不爛之舌的勸說，大家於是答應此項觀光活動，不過為了維護大埔村的寧靜，村民只同意固定在週六舉辦，也就是一週只進行一次。

至於什麼是「單車、竊盜一日遊」呢？且看我今日的工作——

今天是星期六，我一大早便起床，我已於昨晚收到工作表，單單今日上午，就有十餘個預約團體需接待，而沒有預約，自行前來闖蕩的散客應會更多。

我七點來到祖公廟前的廣場，那裡已搭起一處遊客服務中心，以及一座腳踏車車棚，阿凱表哥正在其中勤奮的整理預備出租的腳踏車。

「這麼早就來工作？」我問。

「對啊，」阿凱表哥笑著說：「多做一點，多賺一點學費。」

七點半一到，第一個預約的團體，約有二十餘人，已在祖公廟前集合完畢。

我拿起「大聲公」喊：「歡迎來到大埔村！我待會兒發給每人一張行程圖，請你們從祖公廟的左方，也就是舊街路出發，沿路都有指示牌

指示前進方向。將我們大埔村繞完一圈，大約是兩個半小時。推薦的景點有舊街路的老街，石角溪溪畔，義渡吊橋，伯公廟及老樹……」

話還未說完，一位身材微胖，前額微禿的中年大叔打斷我的話，「你們廣告單上寫『竊盜』之旅，那是怎麼的竊盜法哇！」他大剌剌的問，不太有禮貌。

「既然有位先生提問，那我就先簡單解釋。」我正正神色，換個語氣說：

「待會兒參觀我們大埔村時，無論遇到的是男是女，是老是幼，還是賣藥的，或是作農的，只要是大埔村民，都不要小看他們，因為他們個個是神偷！」我瞪大眼睛，像表演相聲般誇張聲勢，這是吳老師教我如此做的。

「哼，哪有那麼誇張，」那位中年男子一臉不屑的說：「還神偷咧，待會兒誰敢偷我東西，不管是老的，還是嫩的，我『神捕』一律打斷他的手。」

我好意提醒大家：「所以遊歷我們大埔村時，一定要小心看緊自己隨身財物。」

「哼，都是一些鄉巴佬、土包子，有什麼好怕的。」中年男子又在嘀咕。

「最後逛完大埔村後，」我再次叮嚀：「請各位一定要回到我們遊客中心，去認領你的財物，因為不管如何防範，你身上的東西還是會不見……」

我面露詭異笑容，許多遊客已被嚇得疑神疑鬼，呼兒喚女的驚慌

著，唯有那中年男子又罵：「哼，什麼破爛遊客中心，我才不要回來呢！」

「現在請各位往右手邊看，那是失物認領區，只要在村裡不見的東西，一定都會送來這裡，我們大埔村民不是小偷，只是想跟各位開個玩笑。」我潤潤喉嚨，接著說：「那裡有好多沒被領走的失物，都是之前遊客留下來的，甚至還有一位老阿婆一直忘了被領回。」

大家笑了出來，都覺得有趣，笑聲當中，獨有那男子冷冷的說：「裝神弄鬼，故意擺了一個老太婆，及一些破爛玩意兒嚇唬人，待會兒告你們廣告不實，兼告虐待老人。」

實在受夠那個中年人，我快速交代最後一點：「因為我們是竊盜之旅，如有法律上疑問，可以去前方那一部沒有車輪的警車詢問，那裡坐了一位警官，他是派出所所長，幾年前曾到村裡遊歷，為了治療心裡創傷，每星期六都到此擔任志工。」

「還請警察來……」見中年男子又要閒言閒語，我趕快吆喝：「好啦，各位可以出發了，請留意行車安全，待會見——」

見我不再理他們，二十餘人惶惶不安的跨上腳踏車，看他們戰戰慄慄的模樣，好似準備去鬼域探險一般。

我喝了杯水，過了一會兒，見到舅公走來，他手上好像抓了一條草蛇，盪來盪去的。

「今天最早的那批遊客裡，有個傢伙很討厭。」舅公到我面前說。

「是個胖胖的中年人……」我問。

「沒錯！他一直在阿義的棺木店大呼小叫。」舅公將手中像草蛇的

皮帶交給我，說：「所以我偷了他皮帶，接下來一路上，他就只能顧著提褲頭……」

「啊！」我呼喊一聲，舅公提到棺木店，我才想起忘了提醒遊客，不要再向阿義叔訂棺材。

自半年前，大埔村開始「單車、竊盜一日遊」的活動後，許多遊客被阿義叔誠懇的態度感動，於是與他訂下「生前契約」，預購棺材。

聽阿義叔說，他現在已有七十多口棺材的訂單，好多人要看成品，還想每週到他店裡「躺躺」，簡直讓他忙翻了。

「連我自己要用的那口，也讓出來了。」焦頭爛額的阿義叔，特別囑咐我：「在出發前，一定要跟遊客講好，暫時不要向我訂棺材了！」

可能是受那中年大叔的干擾，我竟給忘了，真不應該！

舅公見我一臉懊惱樣，笑著說：「沒關係，讓阿義自己去處理。」

舅公現在遇見我，總會給我溫暖笑容，我想是池田老師帶給他的改變吧！

「一直想跟你說聲謝謝！」見四下無人，舅公突然對我說。

「謝什麼？」我問。

「謝謝你能勇敢的說出不當小偷的念頭，」舅公說：「其實我也不想當小偷。」

「嗯。」我點點頭，表示理解。

「我是為了不當小偷，才在那時堅持著要繼續當小偷……」舅公又說。

聽起來很拗口，但我懂舅公的意思，大家都明白他的創傷，折磨了

歡迎來到大埔

他數十年。

「對！我們都不是小偷！」秀娥姨婆不知從哪裡冒出來，笑嘻嘻的。

「我不喜歡當小偷，我只喜歡跟他們開玩笑！」秀娥姨婆拿出一支手機，及一串鑰匙給我，那是她偷來的東西。

「今天有個遊客很討厭，他一早就在路旁看我拔菜，然後嫌我的菜長得不好，一點養分都沒，所以，我就偷了他的手機及鑰匙。」

秀娥姨婆說：「那個人長得——」

「我們知道！」我和舅公異口同聲的說：「長得胖胖的，對不對？」

「對對對！所以我就偷了他的東西。」姨婆爽朗的笑著說：「不當

小偷的感覺真好，只有不當小偷，才能這麼爽快的偷東西，哇哈哈……」

婕婆快意的笑聲在祖公廟前迴盪。

好山好水，再加上快樂的歡笑聲，我只能說，大埔村真是美麗極了。

延伸閱讀：

染於蒼則蒼，染於黃則黃

王妍蓁

給讀者的話

在生活中，大家一定或多或少吃過小偷的虧，所遭受的損害也常令人恨不得除惡務盡。所謂「小偷」的定義是以偷竊作為職業的人，又名扒手、翦綹、竊匪、竊賊、小竊、梁上君子等。「鼠竊狗盜」、「偷雞摸狗」、「巧取豪奪」、「劫富濟貧」、「掩耳盜鈴」等都是指未經所有權人允許狀況下，在實質物品或精神上「不問自取」。在各地刑法中，偷竊屬於非法的刑

事犯罪行為；在現實生活中，則如過街老鼠，眾皆鄙棄，人人喊打。

《我們不是小偷》的大埔村是個偷盜之村，是個染坊，偷盜技巧代代傳承，居民自詡具有藝高人膽大的偷竊絕活，並且在神偷染缸中不斷切磋琢磨。《我們不是小偷》就像莎士比亞名劇《威尼斯商人》中，令人一掬同情淚的猶太商人夏洛克，悲憤控訴「猶太人也有眼啊！」文中舅公成為小偷，是因為池田老師當眾指摘他為小偷，傷害了他稚嫩的心靈，而他並不想被當成小偷，所以自暴自棄的反向控訴。被人污衊、定位甚或至萬劫不復，就是很多「小偷」形成的原因，並且在萬事起頭難下，跨過第一次竊取的分際線，就會有第二次，然後步向偷竊不歸路。

小偷被視為做壞事的「犯人」，在傳統戲劇裡，卻不全然如此，有所謂的「義賊」，例如民間故事中的抗日傳奇人物，劫富濟貧的「廖添丁」。而文中舅公誤導村民深信祖公是為鄉里造福的「義賊」，雖然盜亦有道，但鎖在保險櫃裡，恆河沙數般的字字血淚祖公簿，殊不知是祖公在夜深人靜時面對自我良知，一遍遍「我不該竊取他人財物」斑駁淚痕的罰寫簿。

古代秦孝公當政時，路不拾遺，夜不閉戶。太平盛世、安和樂利杜絕宵小，反之政局動盪，社會民不聊生，就會盜賊猖獗。祖公廟前匾額高懸：「飢寒起盜心」，雖說祖公偷竊肇自百年前日本統治時旱災，以憐憫心教大家技能，到外地偷東西度過劫難，讓居民認為這是個傳承，是個使命，更進而衍生成大埔村的特色。當然也是舅公以其不平衡心態，一手遮天偷龍轉鳳，捏造假的「祖公簿」，更讓居民相信他們的宿命。

吳俊杰在校為模範生，道德標準當然超乎一般人（例如國小二年級時，在廁所拾金不昧），面對即將跨越的少年禮，善與惡天秤在他心中擺盪，他

受困於傳統，天人交戰後得到吳美香老師的助力脫困解套；但經過舅公、叔公等長輩設局，必須偷取「清榮中醫診所」帝王補心丹，才能拯救病危的父親。好在即將撬開鐵窗鑽入盜取時，被甦醒過來的父親所化身之黑衣人即時拉住，也同時決定他的命運。他得到吳美香老師、陳芳嬌老師的支持，舅公得到池田老師遲來的道歉，經由他化身為達摩祖師，以佛心點化淪喪的村民潛意識良心與良知，勇敢面對沉痾的傳統價值，扭轉

大埔村形象，轉變成為獨具特色的單車旅遊景點。

《我們不是小偷》昭顯教師、良知的重要性，《說文解字》將「教」字解釋為「上行下效」，教育主要在啟發孩子的善心，身教重於言教。以善心感化偷盜者或行惡者，才能從根本救起。體悟超越道德試煉後裝上心栓，拴住心魔，克己自律並以善心待人，這才是世間的最佳防盜設備，也是《我們不是小偷》意在言外的絃外之音。

閱讀思考

一、故事掃描

1. 誰是大埔村成為偷盜之村的始作俑者？(who)

2.「豐年祭」、「少年禮」是大埔村的孩子躍升為「專業小偷」的重要儀式，舉行的時間點為何？（when）

3. 吳俊杰獲得「模範生」榮耀，他具備了哪些條件？（what）

4. 鎖在保險櫃的祖公簿，哪裡露出破綻，讓吳俊杰由蛛絲馬跡發現是假造的？（where）

5. 吳俊杰本已立定志向對抗村子傳統，為什麼會成為黑夜怪客，想偷取「清榮中醫診所」內的「帝王補心丹」？（why）

6. 蘇俄文學家普羅普（Propp, Vladimir）在《故事形態學》中提到「相助者」，也就是幫助者角色，吳美香老師及母親陳芳嬌如何成為吳俊杰父子的生命中重要他人？（how）

二、面對作者

1.老子《道德經・返璞章》提到：「知其雄，守其雌，……知其白，守其黑，……。」判斷事物有其正反面，在制式法律規範與人性自覺中，你認為何者比較重要？

2.開電器行的文健哥，不能免俗的要小杰幫他也偷東西，但偷的是鎮上一位女孩的心，他想要向她告白。你認為「心」能被竊取嗎？常常我們會戲稱某人「沒心沒肝」冷血之類，抑或古代東施效顰「西施捧心」，這樣的心都有其象徵義嗎？

3.「一言以興邦，一言以喪邦」，良言一句三冬暖，惡言傷人六月寒，池田老師在全班面前說舅公是小偷，下猛藥的結果對幼小的舅公適得其反，讓

他不僅將自己定位為神偷，更讓大埔村村民們跟他一起為竊盜背書。言語的力量有多大的影響力呢？

三、人書互動

1. 你認為大埔村的祖公因為嚴重旱災之故，將一身偷竊絕技傳承後代子孫，對於族人而言，是生命中不可承受之重的使命嗎？

2. 真正的祖公簿的內容是什麼呢？吳俊杰經由看到的內容反思，悟到了什麼？

3. 孩子面對各種指責，最直接的回答常是：「沒有，我沒有！」文本中認為是對成人世界最無力、強烈的控訴，你覺得符合自己的

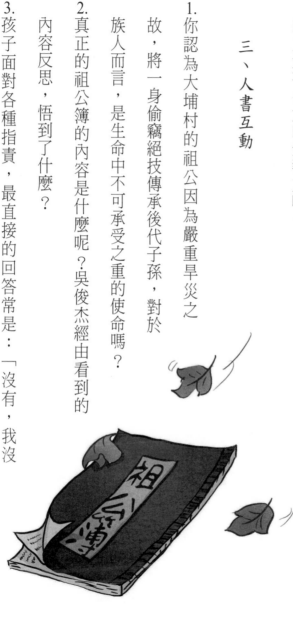

生活經驗嗎？

4.大埔村「單車、竊盜一日遊」，由吳美香老師任職縣府觀光局的先生所規劃出的觀光活動，成效如何？

四、真愛行動

1.「讓世界更美好」宣言

參考《誰搬走了我的乳酪？》(*Who Moved My Cheese?*)，史賓塞・強森（**Spencer Johnson**）著，游羽蓁譯，（台北市：奧林，1999）

內容：四個住在「迷宮」的人物，尋找乳酪的歷程，當世界不斷在改變的時候，是學習適應變化並做出反應的「好鼻鼠」和「飛腿鼠」，還是故步自封原地不動的「猶豫」？或擺脫心中恐懼勇敢放棄舊乳酪

的「哈哈」？抱怨、咆哮都是無濟於事，唯有改變自己去適應環境，才能更早找到新的幸福乳酪！

請寫出勇於改變自我，診治社會亂象，讓生活更美好，十個積極建議。

2.「柯南來找碴」形狀書製作

參考《誰吃了彩虹》，孫晴峰著，（台北市：信誼基金，1994）

內容：彩虹落入人間，被大魚吃了，鴨子吃了大魚，蛇吃了彩紅蛋，碰到枯樹，枯木逢春，結了彩虹果，七彩毛毛蟲變成七彩大彩蝶，飛出了一道彩虹。

形狀書題目：誰偷走了我的心

材料：(1)厚片白玉卡紙裁成手掌大，心形大小十張

(2)博士膜色紙製作數張

（博士膜裁成A4紙張大小，以壓克力原料塗繪其上，可利用網子、滾筒、樹葉等各種工具，呈現出不同圖案。）

(3)打洞器及緞帶繩索或彈性繩索均可

製法：(1)以乾了的博士膜貼紙，在每一頁白玉紙卡上拼貼故事。

(2)每一頁需有不同主角，還要有線索讓名偵探柯南在最後一頁找出兇手。

(3)版權頁需備：出版日期、製作者、版權所有，翻印必究。

(4)將故事依頁次，以繩索綁成蝴蝶結連成一本書。

九歌現代少兒文學獎徵文辦法（摘要）

指導單位：行政院文化建設委員會
主辦單位：九歌文教基金會
協辦單位：九歌出版社有限公司

一、宗　旨：鼓勵作家創作少兒文學作品，以提升國內少兒文學水準，並提高少兒的鑑賞能力，啟發其創意，並培養青少年開闊的胸襟及視野，以及對社會人生之關懷。

二、獎　項：少年小說——適合十歲至十五歲兒童及少年閱讀，文字內容富趣味性，主要人物及情節以貼近少兒生活為宜。文長（含空白字元、標點符號）四萬至四萬五千字左右（超過即不予評選）。

三、獎　金：行政院文化建設委員會少兒文學特別獎——獎金二十萬元，獎牌一座。
評審獎——獎金十二萬元，獎牌一座。
推薦獎——獎金八萬元，獎牌一座。
榮譽獎——若干名，獎金每名四萬元，獎牌一座。

四、應徵條件：

1海內外華人均可參加，須以白話中文寫作。每人應徵作品以一篇為限。為鼓勵新人及更多作家創作，凡獲九歌現代少兒文學獎首獎者，三年內不得參加。

2作品必須未在任何報刊發表或出版（參加本會徵文未入選之作品，亦不得重複參加）。獲獎作品之出版權歸主辦單位所有。初版四千冊，不付版稅，再版時可支定價百分之八版稅。

五、評　選：應徵作品經彌封後，即進行初審、複審、決審。評審委員於得獎名單揭曉時公布。

附記：本辦法為歷屆徵文辦法之摘要，每屆約於每年十月至翌年一月底收件，提供有志創作少兒文學者參考（所有規定，依各屆正式公布之徵文辦法為準）。

九歌少兒書房 193

我們不是小偷

著者　包包福
繪圖　許育榮
責任編輯　胡琬瑜
發行人　蔡文甫
出版發行　九歌出版社有限公司
臺北市105八德路3段12巷57弄40號
電話／02-25776564・傳真／02-25789205
郵政劃撥／0112295-1
九歌文學網　www.chiuko.com.tw
印刷　晨捷印製股份有限公司
法律顧問　龍躍天律師・蕭雄淋律師・董安丹律師
初版　2010年8月10日
初版5印　2016年10月
定價　240元

書號　0170188
ISBN　978-957-444-709-1
（缺頁、破損或裝訂錯誤，請寄回本公司更換）

國家圖書館出版品預行編目資料

我們不是小偷／包包福著；許育榮圖.--初版.
--台北市：九歌, 民99.08
面；　公分. -- (九歌少兒書房; 193)

ISBN 978-957-444-709-1(平裝)

859.6　　　　　　　　　　　　　99012230

九歌少兒書房
www.chiuko.com.tw